ANNA

Eine Ruhrgebietsgeschichte

ANNA

Eine Ruhrgebietsgeschichte

Petra Somberg-Romanski

Impressum

Bibliografische Information der Deutschen
Nationalbibliothek: Die Deutsche
Nationalbibliothek verzeichnet diese Publikation
in der Deutschen Nationalbibliografie; detaillierte
bibliografische Daten sind im Internet über
dnb.dnb.de abrufbar.

© 2021 Petra Somberg-Romanski
Herstellung und Verlag: BoD – Books on Demand,
Norderstedt
ISBN: 978-3-7534-4428-4

Kapitel 1

Aufgeregt läuft die kleine Anna den Feldweg von der Schule am Wald entlang nach Hause. Heute muss sie sich beeilen, denn der Vater war sicher schon zu Hause und wartet gemeinsam mit der Mutter und dem Bruder auf sie. Das Mittagessen muss heute schnell vonstattengehen, denn um halb vier Uhr kommt der Zug aus Insterburg am Bahnhof Ströpken an. Die kleine Stadt Drachmen hatte als erster Ort in Ostpreußen bereits seit 1886 eine elektrische Straßenbeleuchtung, aber einen Bahnhof hatte sie nicht. Dieser liegt in Ströpken, ein paar Kilometer von Annas Geburtsort Drachmen entfernt. Für den Fußweg dorthin benötigt man fast 20 Minuten. Das Sonntagskleid muss auch noch angezogen werden, denn heute kommt wichtiger Besuch für die Familie des Gutsarbeiters August Kreitschmann. Es ist sein Vetter Karl aus dem fernen Wattenscheid in Westfalen, er wird die Familie heute besuchen.

Dem August Kretschmann und seiner Familie geht es gut. August ist der Vorschnitter auf dem Gutshof des kleinen Ortes. Einer der Vorarbeiter in der Landwirtschaft, eine Respektsperson. Gemeinsam mit seinem Eltern, seiner Frau Maria und seinem beiden Kindern Anna und Hermann, bewohnt er ein kleines Haus, das ihm von der Gutverwaltung zur Miete überlassen wurde.

Bei Ihnen wohnt Onkel Hermann, der Bruder seiner Mutter und Patenonkel des kleinen Hermann. Onkel Hermann war Offizier im Krieg 70/71 gegen Frankreich, hierfür erhält er eine kleine auskömmliche Pension die er zum Familieneinkommen beisteuert. Er ist ein gemütlicher, liebenswerter Mann der am liebsten von seinen Kriegerlebnissen

70/71 erzählt und den Kindern das Zuhören
großzügig mit Bonbons und Früchten ver-
süßt.

Die Ahnen der Familie Kreitschmann sind
im 18. Jahrhundert dem Ruf des Preußen-
königs Friederich gefolgt und aus dem
Salzburger Land nach Ostpreußen einge-
wandert, um hier zu siedeln, in Frieden zu
leben und ihre Religion frei auszuüben. Der
preußische Staat verspricht den Zuwande-
rern ein Auskommen, ein Stück Land zur
eigenen Bewirtschaftung und Religions-
freiheit, Jeder solle nach seiner Fasson
selig werden. Die Kreitschmanns folgen
dem Ruf, denn sie sind wie die meisten
Salzburger Auswanderer Protestanten und
geraten in ihrer meist katholischen Heimat
immer stärker unter Druck und leiden unter Anfeindungen.

Anna sieht das Haus Ihrer Eltern und läuft
etwas schneller, denn die Mutter steht
schon vor dem Haus und winkt, schnell An-

na das Essen ist fertig, wir müssen doch gleich zum Bahnhof.

Der Bahnhof Lyck in Ströpken, ein breites zweieinhalb geschossiges Gebäude mit einen Turm in der Mitte, ist ein Verkehrsknotenpunkt. Von hier aus erreicht man alle großen Städte Ostpreußens, Insterburg, Goldap, Königsberg und weiter bis Berlin. Durch die dreiflügelige Eingangs- bzw. Ausgangstür betritt man den Bahnhofsvorplatz und schaut auf die breite Allee die in die Stadt führt. Anna ist noch nie mit dem Zug gefahren und beobachtet aufgeregt das rege Treiben vor dem Bahnhofsgebäude. Der Vater hat bereits die Bahnsteigkarten gekauft, die auch Personen den Aufenthalt auf dem Peron gestattet, die keine gültige Fahrkarte besitzen. Wer ist dieser Onkel Karl was tut er und wo kommt er her, fragt Anna ihren Vater. August berichtet, dass sein Vetter Karl als junger Mann nach seiner Gesellenwanderschaft, die ihn bis nach Süddeutschland und in die Schweiz

8

führte, nicht wieder in seine Heimatstadt
zurückkehren und auch nicht mehr in der
Landwirtschaft arbeiten wollte. Kameraden
hatten ihm erzählt, dass weit im Westen des
Landes, am Rhein und in Westfalen an der
Ruhr eine ganz neue Welt entstünde.
Schwerindustrie. Die Öfen in den Stahl-
werken brennen dort Tag und Nacht. Dort
würden jetzt kräftige junge Männer gebraucht. An der Ruhr ist immer schon Kohle
gefunden und abgebaut worden. Aber jetzt
wurden beinahe täglich neue Erfindungen
gemacht. Eisen wurde   zu Stahl gekocht
und hatte der Rüstungsindustrie schnellen
Fortschritt gebracht. Der Erzfeind Frankreich war geschlagen und man glaubte sich
unbesiegbar. Neue Technologien wurden
gefunden und große Stahlwerke entstanden. Zwei mutige Unternehmer Fried .
Krupp aus Essen und Jakob Meyer aus Bochum gründeten große Stahlunternehmen
und standen sich als erbitterte Konkurren-
ten in der Entwicklung und Vermarktung

der neunen Technologien gegenüber. Die Stahlwerke Bochumer Verein und Krupp Stahl sollten für viele Jahrzehnte die Geschicke und der Region und ihrer Menschen prägen. Die Nachfrage nach Steinkohle stieg enorm, denn die Stahlkocher und Hochöfen benötigen in riesigen Mengen Koks für die Verhüttung des Eisens zu Stahl. Der Abbau der Steinkohle wird stark vorangetrieben, denn was am Ort abgebaut werden kann, muss nicht von weit her angeschafft werden. Imme neue Kohle Vorkommen werden gefunden, neue Zechen abgeteuft. Kokereien die Kohle durch starkes Erhitzen zu Koks umwandeln werden aus dem Boden gestampft. Für wiederum weitere Hochöfen. Auf den Flüssen geht der Transport nicht schnell und bequem genug, Kanäle durchziehen bald als neue Wasserwege für den schnellen und kurzen Transport der Kohle und des Stahl das Revier. Der kleine Fluss Emscher, der sich einst beschaulich durch eine uralte

Moorlandschaft schlängelte und auf dessen dem Moor abgetrotzten grünen Auen Kühe grasten und an Sonntagen Angler und Sommerfrischler Erholung und Ruhe suchten, wird in ein Betonkorsett gepresst. Die Mäander verschwinden und der Flusslauf wird begradigt um einen schnellen Abtransport der schmutzigen und stinkenden Abwässer aus der Industrie zu erhalten. Es dauert nur wenige Jahre und der Fluss ist tot. Übrig bleibt eine zähfließende schwarze, stinkende Masse die sich unaufhaltsam durch das ganze Emscher Tal schiebt und über dem nicht nur an heißen Tagen ein penetranter Teergeruch liegt.

Die Zechengesellschaften schickten Agenten in alle Richtungen des Landes und warben Landarbeiter, Bauersöhne, ausgemusterte Soldaten an, die in den Gruben an der Ruhr gutbezahlte Arbeit fanden. Erst noch ortsnah in den bäuerlich geprägten Landschaften im Bergischen und am Niederrhein. Später in den Gebieten in Ostpreußen, Pommern und Masuren. Die Großbauern hier versuchten sich noch gegen das Abwerben ihrer Knechte und Landarbeiter zu wehren, neue Bahnhöfe durften nur weit weg von den Dörfern errichtet werden. Man hoffte der Fußweg schrecke so ab, dass die jungen Leute in den Dörfern bleiben. Aber die neuen Arbeitsverträge lasen sich gut, man erhielt ein gutes Entgelt. Eine Wohnung wurde für die Familie gegen eine geringere Miete zur Verfügung gestellt, diese war aber an einen Arbeitsvertrag gebunden. Ein kleines Stück Land und einen Stall für die das Kleinvieh war ebenfalls mit dabei. Auch Onkel Karl war dem Ruf gefolgt und unterschrieb einen Vertrag und ließ die Heimat hinter sich um auf der Zeche Holland in Wattenscheid sein Glück zu machen.

Viel hatte man seit dem Wegzug nicht von Onkel Karl gehört. Mal eine Postkarte oder Weihnachtgrüße. Es ging ihm gut schrieb er dann, er habe mittlerweile geheiratet und

mit seiner Frau fünf Kinder bekommen.
Zwei davon waren bereits im Kleinkindesal-
ter gestorben. Mehr war der Familie nicht
bekannt. Bis vor etwa sechs Wochen ein
längerer Brief von Onkel Karl eintraf. Mit
der Familie sei alles zum Besten. Er stehe
sich jetzt soweit gut, dass er seinem Heimweh nachgeben könne und die Familie in
Ostpreußen besuchen werde. Mutter Maria
war skeptisch, plötzlich einen Besuch aus
so weiter Ferne? Aber August freute sich
seinen Vetter wieder zu sehen und reiche
Verwandte sieht man doch immer gern.

So ist der Tag gekommen und alle stehen
am Bahnsteig und warten auf den Zug aus
Insterburg der den Besucher mitbringt. Als
Onkel Karl aus dem Zug steigt und August
auf ihn zugeht und ihn herzlich begrüßt, ist
Anna die in den vergangen Wochen neu-
gierig dem außergewöhnlichen Besuch ent-
gegengefiebert hatte etwas enttäuscht. Sie
hatte sich ihren Onkel Karl ganz anders vorgestellt. Etwa so wie den Herrn Baron aus

dem Gutshaus in Darkehmen, dieser ist fast immer im jägergrünen Lodenmantel gekleidet, eine Weste über dem wohlgenährten, runden Bauch trägt und dabei eine Zigarre raucht. Onkel Karl dagegen ist groß und enorm hager fast schon dünn. Seine wasserblauen Augen schauen aus einem schmalen, faltigen Gesicht. Die blonden leicht schütteren Haare geben ihm aber trotzdem ein jungenhaftes Aussehen. Auch die Hände und Fingernägel sind grob und nicht so weich gepflegt wie die vom Herrn Baron. Aber er lacht Anna an und wenn er lacht ziehen sich die Falten um seine Augen zusammen und seine blauen Augen lachen fröhlich mit.

Er trägt einen schwarzen Anzug, fast als wolle er zu einer Beerdigung .Der Hemdkragen seines stark gestärkten „Vatermörders" schneidet die Haut ein und hat bereits rote Striemen am Hals hinterlassen. Mit dem Zeigefinger fährt er immer wieder am Kragenrand entlang und versucht ihn zu lo-

ckern und den Schweiß etwas wegzuwi-
schen. Über der Weste liegt eine schwere
goldene Uhrkette. Onkel Karl zieht mit seiner schwieligen Hand, an der am kleinen
Finger ein goldener Ring mit einem blauen
Stein sitzt, die goldene Uhr aus der Wes-
tentasche und liest die Uhrzeit ab. „Wir
müssen uns sputen" sagt er, „meine
Droschke wartet bereits am Bahnhofsvorplatz". Er habe für die Zeit bei der Familie
eine Pferdedroschke gemietet, so sei es
bequemer. Drei Koffer stehen bereits auf
dem Bahnsteig und alle packen an um das
Gepäck zur Droschke zu bringen und ab
geht es die drei Kilometer nach Darkehmen
in Windeseile. Gefahren sind die Kreitschmanns diesen Weg vorher noch nie und für
die weitere Zeit kam die Droschke auch
nicht mehr zum Einsatz. Onkel Karl war
jetzt der Meinung, es täte ihm doch gut die
restliche Zeit seines Aufenthaltes zu Fuß zu
gehen, dass wäre in der klaren, frischen
Landluft auch für die Gesundheit besser.

15

Zu Hause steht bereits die Kanne mit echtem Bohnenkaffee auf dem festlich gedeckten Tisch und es gibt frisch gebackenen Butter- und Streuselkuchen. Zur Feier des Tages hat die Mutter auch eine Butterkremtorte vorbereitet. Danach sitzt man gemütlich in der guten Stube, genehmigt sich einen oder zwei vom selbstgemachten Bärenfang. Nachdem alle Neuigkeiten über die Familie und die entfernteren Verwandten ausgetauscht sind, packt Onkle Karl seine mitgebrachten Geschenke aus. Die Kinder sind ein bisschen enttäuscht, denn Schinken und Schlackwurst haben sie hier in Darkehmen auch und ein Mangel daran ist für die nahe Zukunft nicht unbedingt zu erwarten. Nicht einmal ein paar Bonbons oder Zuckerstangen wie sie Onkel Herrmann so gern verschenkt sind in den Koffern zu finden. Ein paar Bilder werden hervor geholt. Sie zeigen Onkel Karl und seine Frau Meta an ihrem Hochzeitstag vor zehn Jahren. Die junge Braut ist ein schlankes

Mädchen mit einem herzförmigen Gesichtchen und einer dunklen Lockenfrisur, sie ist fast zwei Köpfe kleiner als Onkel Karl und sieht auf dem Hochzeitsbild sehr jung und mädchenhaft aus. Der schwarze Anzug des Bräutigams ähnelt dem, den Onkel Karl jetzt trägt wie ein Ei dem anderen. Auf den weiteren Bildern sind drei Kinder abgebildet. Einen hochgewachsen, blonden Jungen, der nicht nur Karl heißt sondern seinem Vater auch wie aus dem Gesicht geschnitten ist. Ein etwas dickliches Mädchen mit Zöpfen von sieben Jahren und einem etwa drei jährigen Jungen der das Gesicht zum Weinen verzieht und offensichtlich mit der Situation in der er sich befindet unzufrieden ist. Alle tragen einfache dunkle Kleidung. Das sei seine Familie, seine Frau Meta und seine Kinder Karl, Marianne und Enno. Enno sonderbarer Name, so einen Namen trug noch keiner in der Familie.

Onkel Karl bleib eine Woche, er saß mit den Eltern, Großeltern und Onkel Hermann ich

der guten Stube und erzählte von Wattenscheid. Von dem großen Aufbruch in die
Zukunft. Von Zechen, Fördertürmen und
Hochöfen, die ununterbrochen brannten
und die Nacht mit ihrem Abstich Feuer taghell erleuchten. Anna saß ein bisschen ab-
seits und hing ihren Gedanken nach. Man
stelle sich nur vor, Feuer die in der Nacht
taghell leuchten, Darkehmen war ja auch
nicht gerade hinter dem Mond, hier wurde
die erste elektrische Straßenbeleuchtung
Ostpreußens eingesetzt, aber die Geschichte des Onkels war aufregend und auch un-
heimlich zugleich.   Er habe eine schöne
Wohnung mit Garten und etwas Kleinvieh
ein Schwein, Hühner und Kaninchen, fuhr
Onkel Karl fort. Seine Frau muss nicht arbeiten, sie hat ein schönes ruhiges Leben,
kümmert sich um den Haushalt und die
Kinder. Mit den Nachbarn sind sie wie
eine große Familie in der Siedlung der Zeche Holland. Die Siedlung ist gerade neu
errichtet und trägt den Namen Lohrheide.

Die Zechengesellschaft sorge für alles. Was sie nicht selbst herstellen konnten, kaufe man im Konsum ein Landen der ebenfalls der Zechengesellschaft gehöre und sehr preiswert anbiete. „Seht mich an, ich habe es geschafft. Und was ist mit dir August kommst du gut zurecht? Ist ja nicht so einfach mit den Kindern, den Eltern und dem Onkel"? August arbeitet im Dienst des Herrn Baron auf dem Gut in Darkehmen als Landarbeiter. Er war besonders geschickt im Umgang mit der Sense und zur Erntezeit ein gesuchter Mann der der als erster Kornschneider den Takt der Kornernte vorgibt und so ein regemäßiges und schnelles Abernten des Felds möglich macht. Ja es ging ihm gut. Sie hatten ein einfaches aber gesichertes Einkommen, die Kinder waren gesund, die alten Eltern konnten im Haus versorgt werden und der ledige Onkel steuerte aus seiner Pension, die er aus seinem Einsatz beim Militär im Franzosenkrieg erworben hatte, zum Lebensunterhalt bei.

Sie kamen gut zurecht und waren zufrieden.
Kurz vor seiner Rückreise sprach Onkel Karl
noch einmal, bei Bärenfang und Zigarre,
allein mit seinem Vetter. Man war man in
einer gemütlichen Situation und Karl sprach
etwas leiser und eindringlich auf August
ein. „Überleg es dir, ich kann dich empfeh-
len, mein Wort gilt etwas in der Zechengesellschaft. Komm mit nach Wattenscheid,
du wirst es nicht bereuen". August war
unsicher, die Familie aus der kleinen Stadt
herausreißen, er hatte eine gute Arbeit und
sein Auskommen auf dem Gut, die Ernte
stand an. Es würde wieder viel Arbeit bis in
die Abendstunden geben. „Komm erstmal
allein, die Zechengesellschaft zahlt dir die
Bahnfahrt und ein Handgeld. Oder komm
sofort mit Frau und Kindern, der Umzug
wird dir bezahlt, du bekommst eine schöne
Wohnung in der neuen Siedlung Lohrheide
in Wattenscheid. Drei Zimmer, Keller und
Stall für dein Kleinvieh. Ein Stück Gartenland
ist auch dabei. Es sind Schulen für deine

Kinder in der Nähe und eine Kirche". Ja aber
was wird aus den alten Eltern und dem
Onkel? „Kein Problem, du wirst so viel verdienen, dass du jeden Monat Geld nach
Hause schicken kannst und alle sind versorgt. Zufällig habe ich eine Vertrag der
Zechen Gesellschaft mit", sagte Onkel Karl,
„lies in dir durch und entscheide, warte
aber nicht zu lang ich fahre bald wieder
zurück und dann wird es für dich allein
schwieriger sein alles zu regeln, jetzt kann
ich dir noch helfen". In der Nacht lagen Maria und August wach in ihrem Bett und berieten über das Angebot. Maria weinte leise
vor sich hin. „Hier alles aufgeben? Uns geht
es doch gut. Wir haben doch alles was wir
brauchen. Und die Eltern können doch nicht
allein bleiben". „Ja, wir haben was wir brauchen", antwortete August, „aber mehr auch
nicht. Wir sind abhängig von der Gunst des
Herrn Baron. Wenn ich im Westen aber das
Dreifache verdiene, kann ich meine Familie
hier und in Wattenscheid gut versorgen

und muss nicht mehr so viel schuften und buckeln. Die Kinder haben eine bessere Zukunft verdient. Ich werde den Kontrakt unterscheiben und wir werden nach Wattenscheid gehen wo immer dieser Ort auch seien mag. Er ist auf jeden Fall ein besserer Ort für uns und wir gehen gemeinsam". Am nächsten Tag unterschrieb August den Vorvertrag und Onkel Karl reiste zurück. Zum Bahnhof ging es diesmal zu Fuß, das Gepäck zog August im Handwagen hinterher das Wetter ist so schön, da läuft man doch besser.

Ein paar Wochen später kamen die Unterlagen mit dem Arbeitsvertrag der Zechengesellschaft. August unterschieb und schickte ihn zurück. Dann kaufte er eine Bahnfahrkarte nach Wattenscheid. Maria werde alles für den Umzug der Familie vorbereiten. Marias ledige Kusine Frieda würde in die Wohnung mit einziehen und die Großeltern und dem Onkel versorgen. Die Miete würde August bezahlen und man

wird viele Briefe schreiben und sich auch
einmal besuchen. Anna und Ihre Bruder
waren sehr traurig, jetzt war es ernst, sie
mussten ihre Heimat verlassen, den güti-
gen Herrn Lehrer Weidner, der ihnen so viel
von seiner Heimatstadt Lübeck erzählt hatte, die Schule , die Großeltern, die Süßig-
keiten von Onkel Hermann und von seinen
Geschichten aus dem Krieg . Annas Freundin
Liese weinte sehr, denn die beiden waren
noch nie getrennt und hatten schon Zukunftspläne geschmiedet. In diesem Jahr
waren beide zum Konfirmanden Unterricht
angemeldet, sie wollten nach der Konfirmation die Schule verlassen und nach Lübeck
gehen und dort ganz modern in dem großen
Kaufhaus des Herrn Karstadt als Verkäufe-
rinnen arbeiten. Herr Weidner hatte viel
über das neue Lübecker Kaufhaus erzählt.
Daraus würde jetzt nichts mehr . Im Spätherbst 1898 folgte Maria Kreitschmann mit
ihren beiden Kindern Anna und Hermann
ihrem Mann August in ein neues Leben.

Kapitel 2

August kam Sommer 1898 am Bahnhof in
Wattenscheid an und hielt Ausschau nach
seinem Vetter Karl. in seinem letzten Brief
hatte er ihm mitgeteilt, dass die Wohnung
für die Familie noch nicht ganz einzugsbe-
reit sei. Dauere aber nicht mehr lange. Bis
Frau und Kinder nachzögen sei alles zum
Besten. Für diese kurze Zwischenzeit wird
August bei ihm und seiner Familie wohnen.
August sah Karl am Bahnhof erst gar nicht,
er hatte ihn kaum wieder erkannt. Karl kam
direkt von Schicht, er trug derbe Arbeitskleidung und ein blaues Tuch um den Hals.
Sein Gesicht war gewaschen aber um die
Augen lagen schwarze Schatten von dem
Kohlenstaub der nur schwer zu entfernen
ist, seine blauen Augen wirkten so noch
heller. Er führte August aus dem Bahnhofs-
gebäude zu seiner Wohnung in der Zechen
Kolonie Lohrheide, der Weg war nicht weit.

Der Weg vom Bahnhof ging durch Felder
die abgemäht werden müssten, ein Stich in
seinem Herzen erinnerte August an seine
Heimat, an die Ernte die auf den riesigen
goldenen Feldern in Ostpreußen und Pommern jetzt einsetzte. Er hörte im Geist das
Tuckern der Lokomobile die seit ein paar
Jahren das Dreschen erleichterte und mein-
te ihren Geruch nach verbranntem Holz und
Rauch wahrzunehmen. Aber dieser leicht
verbrannte, rauchige, rußige Geruch lag
hier auch überall in der Luft. Die Straße vor
ihnen war mit groben Pflastersteinen ausge-
legt und noch nicht fertig befestigt. Der
Förderturm der Zeche Holland erhob sich
aus der Landschaft wie Relikt aus einer anderen Welt. Ein bedrohliches Stahlgerüst
das aus einem viereckigen gemauerten Gebäude zu wachsen schien, es hatte zwei
große Räder die sich ziemlich schnell dreh-
ten. August sollte noch lernen, dass von
diesen Rädern und den daran befestigten
Stahlseilen sein Leben abhängen konnte. Es

hatte angefangen zu nieseln und der Regen hinterließ auf seinem Gesicht graue Spuren. Unterwegs hörten sie einen schrillen Signalton, Schichtwechsel. Männer in ähnlicher Kleidung wie Karl mit einem Töpfchen oder Kochgeschirr an der Hand und einem grauen Handtuch gerollt unter dem Arm, kamen an ihnen vorbei und grüßten mit "Glück Auf Karl hast du Nachschub aus Polen mitgebracht"? August wusste nicht was er davon halten sollte, ihm lag seit er den Bahnhof verlassen hatte ein schwerer Brocken auf der Brust. War das hier das Paradies von dem er geträumt hat? Wie betäubt folgte er seinem Vetter und so standen sie zwanzig Minuten später vor einer Schranke die dem Unbefugten das Betreten der Siedlung verwehrte, denn die Siedlung war schon Teil des Zechengeländes. Ein Nachbar hob die Schranke, er war dafür verantwortlich, dass sich niemand auf dem Zechengelände herumtrieb und wusste bereits das wieder ein „Neuer" angekommen war. Die Werber leisteten gute Arbeit und viele junge Menschen suchten das Glück an der der Ruhr. Sie hielten vor einem kleinen Haus, das ohne einen Hauch von Farbe nur mit staubigen, grauen, nackten Putz bedeckt direkt vor der Kulisse des Förderturm vor ihnen lag. Das Haus hatte zwei Eingänge und jetzt sah August auch erst, dass es sich eigentlich um zwei Haushälften handelte. Karl führte ihn durch den Eingang in eine kleine Waschküche, hier lag das Arbeitszeug von Onkel Karl und seinem Sohn. Der vierzehnjährige Karl war ebenfalls seit diesem Jahr auf der Zeche. Nach der Konfirmation im Frühjahr nahm sein Vater ihn mit und stellt ihm dem Steiger vor. Der junge Karl ist zwar groß und schlaksig aber nicht der Kräftigste, aber er ist ein sehr guter und fleißiger Schüler dem das Rechnen besonders leicht fiel. Sein Lehrer sprach mehrfach in der Familie vor um den Vater zu überzeugen seinen Sohn in ein Gymnasium zu schicken. Die Kirchengemeinde würde das Schulgeld bezahlen und auch für die Bücher und das Schreibmaterial aufkommen. Aber Vater Karl wollte nichts davon hören, er konnte sich mit dem Gedanken nicht anfreunden und erlaubte den Schulwechsel nicht. So wurde der junge Karl dem Pferdeführer zugeteilt und musste sich ab sofort um die Grubenponys kümmern. Kleine drahtige Pferde die immer unter Tage leben, hier geboren werden und sterben und in ihrem Leben niemals eine Weide oder das Sonnenlicht sehen. Sie ziehen dort in der ewigen Nacht die Eisenwagen, die Loren, in der die Kohle aus den Flözen weg transportiert wird. Bis sie unter der Last der Arbeit sterben.

Karl und August betraten gewaschen und mit Hauschuhen den Raum der hinter der Waschküche lag. Eine Art Wohnküche mit einem großen Kohlenofen, der zum Kochen und zum Heizen gleichermaßen geeignet ist. An einen Esstisch standen sechs hölzerne Stühle und ein Sofa. An der anderen Wand ein Schrank für Geschirr und Töpfe. Jedes Haus hatte ein steinernes Spülbecken mit einer kleinen Wasserpumpe und einem Pumpenschwengel. So konnte sich Hausfrau jeder Zeit mit frischem Brunnenwasser versorgen ohne das Haus zu verlassen. Karl und August setzten sich an den Esstisch, die Kinder von Karl und Meta kamen dazu und auch ein junger Mann der August unbekannt war. „Das ist Fritz", erklärt Meta, „er fährt auch auf Holland ein und er ist unser Kostgänger". Unter einem Kostgänger kann August sich nichts vorstellen. Meta spricht weiter, „aber jetzt muss Fritz sich ja eine neue Schlafstelle suchen, denn du wirst ja jetzt bei uns wohnen bis du eine Wohnung zugeteilt bekommst. Fritz wird bald was finden, er ist ruhig und trinkt nicht". Viele Familien haben einen Kostgänger im Haus sonst käme man ja gar nicht über die Runden. Sie würde ihm nach dem Essen seinen Schlafplatz zeigen. Meta trug Pellkartoffeln mit Quark auf und für jeden einen eingelegten Hering. Marianne sprach das Tischgebet und man langte zu. Der kleine Enno ein ruhiges Kind, der nur auffiel wenn er seine Hustenanfälle bekam, quengelte und wollte nicht essen. Es geht ihm wieder nicht gut, sein Husten hatte sich sehr verschlimmert und er bekam ganz schlecht Luft. Die teure Behandlung bei dem Lungenprofessor in den Evgl. Krankenanstalten in Bochum, der so vielen kranken Bergleuten schon geholfen hat, hatte für Enno nichts gebracht. Enno ging es schlechter als vorher. Er muss eben aus Wattenscheid raus in die frische Lust sonst können man ihm nicht helfen, mehr konnte der Professor auch nicht ausrichten. Nach dem Essen führte Meta August in Flur zu der schmalen Treppe die zum Dach führte, oben unter dem Dach schliefen die Kinder. Unter der Treppe stand ein Bett mit buntkarierten Kissen- und Bettbezügen. „Hier wirst du vorerst wohnen, Frühstück und Mittagessen sind mit dabei, über den Preis müssen wir noch reden, Fritz hat 17 Mark für den Monat bezahlt, aber du gehörst ja zur Familie und wir geben dir die Schlafstelle für 15 Mark. Du musst dich aber schnell um eine eigene Wohnung bemühen, denn wir können auf die zwei Mark zusätzlich nur schwer verzichten". August steht stumm vor dem karierten Bett und sagt Nichts. Dann folgt er Meta zurück in die gute Stube. Diese wird nur zu den Feiertagen Weihnachten und Ostern oder wenn Besuch kommt, was aber sehr selten geschieht, genutzt. Heute ist so ein seltener Tag, denn der Vetter aus Ostpreußen ist da und wird auch bleiben. Karl hält für sich und seine Gast einen „Aufgesetzten" bereit. Diesen stellt Meta selbst mit den Johannisbeeren aus ihrem Garten her. In großen Korbflaschen lagert er im Stall. Nach zwei Schnäpsen findet August seine Sprache wieder. „Vorsichtig beginnt er, sei mir nicht böse lieber Vetter, aber ich habe mir deine Lebenssituation etwas anders vorgestellt. Wo ist der feine Anzug mit Uhrkette, das große Haus, die Kutsche. Wo sind die Wohltaten der Zechen Gesellschaft von denen du mir zuhause in Darkehmen vorgeschwärmt hat"? Meta und Karl werden still. Noch einen Johannisbeerenschnaps, dann erzählt Meta. „Im letzten Winter wurde es mit Ennos Husten so schlimm, dass die Familie auf das Schlimmste gefasst war. Das Kind hatte neben dem schweren Husten auch hohes Fieber und schwitze so sehr, dass sie mit dem Wäschewechsel kaum nachkamen. Der Kostgänger verließ sie, weil er nach seiner schweren Arbeit nicht richtig schlafen konnte und er hatte wohl auch Angst sich anzustecken, falls Enno doch eine Tuberkulose hätte". Diese Krankheit ist nicht selten hier an der Ruhr, viele sterben daran. Fritz kam darauf ins Haus und das war ein Glücksfall. Er bezahlte pünktlich und regelmäßig und er berichtete den Eltern von einem Krankenhaus in Bochum. Es ist evangelisch und Diakonissen betreuen die Kranken. Hier würden Bergleute die an Tuberkulose und der Bergarbeiter Krankheit Silikose erkranken, behandelt und geheilt. Ein Professor von der berühmten Charité aus Berlin leitet diese Abteilung. Das Krankenhaus gehört der evangelischen Kirche und unser Herr Pastor würde sich sicher für Enno einsetzen". So kam es dann, die Gemeinde vermittelte einen Termin in den Augusta Krankenanstalten in Bochum, aber die Eltern konnten sich nicht freuen, denn die Behandlung würde Geld kosten, sehr viel Geld das Karl und Meta Kreitsch- mann nicht hatten. Als Karl ein paar Tage später zur Schicht einfahren wollte, nahm in der Steiger zur Seite und sagte er habe von seinem Kummer gehört und auch die Ze- chenleitung hatte davon gehört und er solle am nächsten Tag zu Geschäftsleitung zu einem Gespräch in das Verwaltungsgebäu- de kommen. Karl folgte dieser Ansage am nächsten Tag ein bisschen beklommen. Der Verwaltungsleiter ein distinguierter Herr in mittleren Jahren gekleidet mit Anzug, Weste und blankgeputzten Schuhen führte ihn in sein Büro und bot ihm einen Platz an. „ Man habe von seinem Unglück gehört und möchte gern helfen. Karl sei ein von seinem Steiger sehr gelobt worden, als fleißig, ehrlich und besonnen wurde er geschildert. Ein guter zuverlässiger Familienvater mit ordentlichen Kindern, der junge Karl mache sich auch sehr gut in seiner Arbeit. Auch der Pferdeführer sei sehr zufrieden. Und er stamme aus Ostpreußen? Ja sehr gutes Blut , kräftig und arbeitsam". Man befragte Karl weiter ob er noch weitere Familienmitglieder in der alten Heimat habe. „Ja, er hätte noch Vettern, mit denen er seine Kindheit verbracht hat , aber die weite Entfernung ließe keinen engeren Kontakt mehr zu, Besuche seien darum sehr rar, wenn nicht gar unmöglich". „Ob er nicht seine Familie wieder einmal besuchen möchte? Die Zechengesellschaft würde das sehr begrüßen und für die nötigen Kosten aufkommen. Vorerst aber würde man im natürlich aus seiner augenblicklichen Not helfen und ihm ein günstiges Darlehen einräumen, damit er die Krankenhauskosten für seine Sohn bezahlen kann und dieser die bestmöglichste Behandlung bekommen kann. Im Gegenzug fährt Karl nach Ostpreußen, für Fahrkarten, Spesen für eine Kutsche und leihweise angemessene Kleidung würde die Zechengesellschaft sorgen. In dem Kreditvertrag verpflichte er sich, in die östliche Provinz zu reisen und dort junge, starke Männer für den Bergbau anzuwerben. Bevorzugt Familienväter da diese zuverlässiger seien. Die Rückzahlung des Kredites würde so weit gestreckt, dass er und seine Familie ihn gut zurückzahlen könnten". Karl unterschrieb.

Kapitel 3

Maria kam mit ihren Kindern ebenfalls am Bahnhof in Wattenscheid an. Es mittlerweile später Herbst und die Bäume schon fast kahl. Obwohl die Sonne schien, schlug ihnen ein kalter Wind entgegen als sie das Bahnhofsgebäude verließen und Anna zog ihren Mantel am Hals ein wenig enger zu. Sie trug einen Korb der mit einem Handtuch bedeckt war. Ihre Mutter hatte vor der Abreise darin den Proviant gepackt, damit sie unterwegs nicht hungern. Aber die Kinder konnten vor Aufregung nicht essen. Alle Neuigkeiten folgten so schnell nach einander, dass man kaum zum nach denken kam. Der Vater hatte geschrieben, dass er eine Wohnung in Aussicht hat, eine Familie in der Nachbarschaft würde bald wegziehen. Dann kam eine Depesche vom Vater, dass es gelungen war für die Familie ein Haus zu bekommen. Sie würden nicht bei Onkel Karl und Meta bleiben müssen. Die Familie in der Nachbarschaft konnte die Miete nicht mehr bezahlen und musste das Haus schneller als gedacht verlassen. Maria überkam ein ungutes Gefühl, wenn sie an diese Familie dachte. Wo würden sie mit ihren Kindern bleiben, jetzt wo der Winter kommt? Hatten sie Verwandtschaft die helfen kann oder sind sie obdachlos? Und die Schulden müssen auch weiter bezahlt werden. Wenn ein Bergarbeiter seine Wohnung verliert, verliert er meist auch seine Arbeit. Was wird dann? Was wenn sie das gleiche Schicksal ereilt, der Vater krank wird oder eines der Kinder. Wenn August nicht genug verdient um alle Kosten zu decken und auch die fernen Eltern nicht mehr unterstützen kann? Sie würde sie heute Abend die fremde Familie mit in ihre Gebete einschließen und schob dann die dunklen Gedanken bei Seite. Im Proviantkorb an dem sie und ihre Tochter schwer zu schleppen hatte waren noch genug gute Sachen um heute Abend ein Festmahl auszurichten. Vor dem Bahnhof wartete ihr Mann August. Sie atmete auf. Er sah gut aus. Er hatte die Arbeitskleidung der Bergleute an und auch das blaue Tuch um den Hals gewickelt. Er hatte seine Tochter Anna hoch in die Luft gehoben und wirbelte sie herum. Nachdem er sie auf den Boden zurückgesetzt hat, strobelte er seinen Sohn Hermann durch die Haare und lächelte ihn fröhlich an. Seiner Frau Maria gibt er nur die Hand, intimere Begrüßungen und Gefühle in der Öffentlichkeit zu zeigen ist seine Sache nicht. August hat einen kleinen Handwagen mitgebracht den er von einem Kumpel geliehen hatte und verstaut darin das Gepäck seiner Familie. Viel ist es nicht. Obenauf der Proviantkorb. Vielleicht hoffte Maria insgeheim dass sie, wenn sie fleißig arbeiten und sparsam sind und gutes Geld verdienen schnell zurück in die Heimat kämen.

August zieht den Handwagen und die Kinder helfen beim Schieben mit. Der Förderturm liegt im Herbstdunst und davor die kleine Zechenkolonie die jetzt ihre Heimat werden sollte. Je näher sie den Häusern kommen umso stiller werden alle. Nein, ihre Heimat liegt in weiter Ferne in den Wäldern Ostpreußens. Aber ihre Vorfahren hatten ihre erste Heimat auch verlassen müssen und doch ihr Glück in gefunden.

August führt seine Familie zu dem Teil des kleinen Doppelhauses, dass ihm die Zechenleitung zusammen mit seinem Arbeitsvertrag zur Miete überlassen hatte. Maria tritt durch die Waschküche in die kalte und leere Wohnküche. Sie weint leise, wie soll sie hier leben. Sie haben nur das Nötigste aus Darkehmen mitgebracht. Ihre Möbel und weiteres Hab und Gut würden später kommen. Erst muss für den Umzug Geld verdient werden. Denn der Zuschuss für den Umzug aus dem Arbeitsvertrag reichte gerade für neue Betten und Hausgräte. Sie würden sich einschränken müssen. Ein Stück Land und ein kleiner Stall befinden sich hinter dem Haus. Das Gartenland ist jetzt im Spätherbst abgeerntet, es steht noch etwas Grünkohl in der Furche und ein paar Kartoffeln sind auch noch im Boden. Die letzten Mieter hatten sie zurückgelassen. Maria atmet durch, ja hier wird im nächsten Jahr ihr Gemüse und Obst stehen und sie wird auch Blumen anpflanzen wie zu Hause.

Kapitel 4

Die Familie Kreitschmann hat sich bei ihren Nachbarn vorgestellt und angefreundet. August ist ja täglich mit den anderen Männern zusammen unter Tage im Flöz. Die Arbeit ist schwer und gefährlich jeder Handgriff muss sitzen. Sich auf den anderen verlassen zu können ist lebenswichtig. Wer so eng zusammen arbeitet und auch wohnt, wird zu einer Schicksalsgemeinschaft, einer Familie. Der Herbst war schwierig für die Familie. Sie hatten einen Vorschuss auf den Lohn nehmen müssen um erst Anschaffungen zu tätigen. August war das gar nicht recht, denn Schulden bei Zechengesellschaft bedeuten, dass seine Abhängigkeit noch größer wird. Das Haus, der Vorschuss, die

Umzugsvergütung alles ist nur durch seine
Arbeitskraft sicher. Er arbeitet in Doppel-
schichten und betet jeden Abend, dass er
gesund bleibt und keinen Unfall erleiden
muss und seine Frau und Kinder auch gesund bleiben. Denn sollte er als Verdiener
ausfallen kann die Familie ihre Schulden
nicht zurückzahlen und was würde dann aus
den Kindern. Der kleine Hermann besucht
die dritte Klasse der Volkschule in Wattenscheid. Er hat sich am schnellsten eingelebt
und Freunde gefunden. Sein Lehrer der
Herr Waldmann ist ein freundlicher ältere
Herr der nicht so viel für die strengen
Lehrmethoden dieser Zeit übrig hat. In den
warmen Jahreszeiten geht er gern mit
seinen Schülern in die Natur, die in Wattenscheid trotz des Bergbaus immer noch
überraschend vielfältig ist. Erklärungen über
die Pflanzen- und Tierwelt, stehen ebenso
auf seinem Lehrplan wie Ballspiele und
Schwimmen. Jetzt im Winter bereitet sich
Schulklasse auf das nahe Weihnachtsfest

vor. Lieder werden eingeübt, Strohsterne gebastelt und Kerzen gegossen. Herr Waldmann hat schnell festgestellt, dass Hermann sehr musikalisch ist und hat ihm angeboten bei ihm das Geigenspiel zu erlernen. Hermann ist ein begabte r und fleißiger Schüler. Für Anna war der Anfang ungleich schwerer. Sie vermisst ihre Freundin Liese sehr, sich schreiben sich so oft es möglich ist, aber ein Besuch liegt in weiter Ferne. Anna wird noch zwei Jahre die Schule besuchen und dann? Wird sich ihr Traum doch noch erfüllen und sie eine Lehre als Verkäuferin antreten können? Das ist ihr größter Wunsch.

Jetzt steht das Weihnachtsfest vor der Tür, die Nachbarschaft wird ein Fest im Feierabendhaus, einem großen Saal mit einer Küche und Nebenräumen ,das zur Siedlung gehört ausrichten. Jeder bringt etwas mit, was Küche und Keller so preisgeben. Das Bier wird von der Zechengesellschaft gespendet. Die Kinder führen ein Krippenspiel

auf und bekommen dafür vom Christkind
ein kleines Geschenk. Dann wird man noch
gemütlich beisammen sitzen. Der Fest-
abend findet eine Woche vor dem Heiligen
Abend mit Beginn der Dämmerung, statt.
August mit Frau und Kindern und sein Vetter und jetzt Nachbar Karl und Familie gehen gemeinsam den kurzen Weg zu Feierabendhaus. Die Frauen haben das Abend-
brot schon vorbereitet. Selbstgemachte
Wurst und Schinken, Gläser mit eingemach-
tem Obst und Gemüse. Kuchenplatten mit
gebackenen Leckereien . Es ist alles reichlich
da. Hungern muss an der Ruhr niemand. Die
beiden Familien Kreitschmann nahmen an
einem der großen Tische Platz und freuten
sich jetzt nach dem üppigen Essen auf das
Krippenspiel der Schulkinder. Hermann ist
mit dabei er ist aufgeregt, denn er wird
nicht nur im Krippenspiel einen Hirten spielen, sondern auch vor dem gemeinsamen
Singen das Weihnachtslied -Maria durch
einen Dorn Wald ging-, ganz allein vortra-

gen. Es ist still im Raum nur die glockenklare Stimme des kleinen Hermann verzaubert die Freunde und Nachbarn. Herr Waldmann kommt an den Tisch der Kreitschmanns und beglückwünscht die Eltern zu diesem talentierten Kind auf das man ein Auge halten müsse. August und Maria schweigen, sie haben nicht gewusst, dass Hermann so schön singen kann. Karl findet als erster sein Stimme wieder und sagt über laut in Richtung seines Vetters, „ja da kannst du aber stolz sein, jetzt werden sie deinem Sohn auch solche Flausen in den Kopf setzt wie unserem Karl. Höhere Schule, studieren sollte er. Sie haben ihn ganz verrückt gemacht, jetzt ist er für ehrliche Arbeit nicht mehr zu gebrauchen, glaubt er sei was Besseres als sein Vater. Träumt immer noch davon ein Ingenieur zu werden. Aber immerhin hat er noch seinen Glauben behalten. Aber dein Sohn singt schon katholische Lieder. Lass die Zügel nur aus den Händen, dann wird er wird noch katholisch werden hier unter den Pollacken". August Gesicht wurde zu Stein. Maria schwieg. Sie standen auf und verließen mit ihren Kindern das Feierabend Haus. Hermann durfte nicht im Chor mitsingen, denn dieser gehörte zur katholischen Kirche, die meisten anderen Zuwanderer aus dem Osten waren Katholiken. Aber die Kreitschmanns nicht, sie waren evangelisch und aus diesem Grund vor zweihundert Jahren auch aus Salzburg ausgewandert. Sollte es doch ein Fehler gewesen sein hierher zu kommen? August würde auf jeden Fall genau auf seine Kinder achten, er musste hier viel strenger sein. Seine Kinder würden ihn nicht enttäuschen. Das würde er Karl und den anderen beweisen. Das seine Frau Maria, deren Familie aus dem Memelland stammte katholisch war, hatte er sie nie spüren lassen, aber es blieb auch für ihn immer ein stummer Makel. Die gesamte Familie Kreitschmann hatte diese Tatsache erfolgreich verdrängt,

es wurde niemals offen darüber gesprochen.

Kapitel 5

Der Frühling kam und die Familie begann
sich heimisch zu fühlen. August hatte im
Stall ein paar Verschläge gebaut und drei
Kaninchen mitgebracht. Sie würden die
Fleischversorgung mit sichern. In dem kleinen Drahtgehege neben dem Stall pickten
und gackerten jetzt sechs Hühner und ein
Hahn um die Wette. Die Eierversorgung
war ebenfalls gesichert. Durch die Selbst-
versorgung sparte die Familie sehr viel Geld
und musste weniger im Zechen eigenen
Konsum einkaufen. Sie hatten ab Januar
auch wie alle Nachbarn einen Schlafburschen aufgenommen. Ein hübscher, junger
Kerl mit dunklen Haaren, er stammt aus
Masuren. Leider ist ihm der Alkohol ein
guter Freund geworden und August miss-

traut ihm sehr. Seine Tochter wird bald
vierzehn und er wacht mit Argusaugen über
sie. Seine Tochter würde ihm keine Schande
machen , denn August hat bereits entschieden Anna wird das Elternhaus verlassen er wird für sie eine Stelle als Hausmädchen in einem guten Haus aussuchen
sobald sie die Schule beendet hat. Dort ist
sie unter Kontrolle, kann etwas Geld verdienen und sparen und für ihren eigenen
Haushalt lernen. Mehr braucht ein Mädchen doch nicht zu lernen. Anna wird ja so
wie so heiraten und dann wird ihr Mann für
sie sorgen müssen. Mädchen sind auch
nicht so intelligent und eine Ausbildung für
ein Mädchen ist rausgeworfenes Geld. Aber
davon weiß Anna nichts und sie träumt von
einem Kolonialwarenladen in dem sie in
einem sauberen Kleid und einer blütenwei-
ßen Schürze hinter der Ladentheke steht
und für die Kunden die Waren abwiegt und
bereits stellt.

Zuerst musste allerdings noch die Konfirmation für Anna ausgerichtet werden. Maria hatte für ihre Tochter ein schönes Kleid genäht und auch ein paar neue Schuhe wurden gekauft. Der Pastor der evangelischen Gemeinde besuchte vor der feierlichen Einsegnung die Eltern seiner Schützlinge und kam an einem Nachmittag auch zu August und Maria. Man trank ein Schnäpschen und plauderte ein wenig bis der Herr Pastor mit einem besonderen Anliegen heraus rückte. Er eröffnete den verblüfften Eltern, dass er ihre Tochter Anna nicht konfirmieren könne, solange ihre Mutter dem katholischen Glauben angehört. Nach dieser Eröffnung stand August langsam auf und wies dem Pastor die Tür mit den Worten. „Meine Frau ist katholisch geboren und sie wird es auch bleiben und wenn sie es nicht können wird die Konfirmation meiner Tochter der Prediger der Wattenscheider Baptistengemeinde mit Freude für eine Pfanne voll Bratkartoffeln übernehmen". Der Pas-

tor verließ das Haus der Kreitschmanns,
kam am nächsten Tag noch einmal wieder
um mit Maria allein zu sprechen. Er wollte
ja nicht missionieren und entschuldigte sich
eindringlich für seinen Auftritt und fragte
ob Anna denn schon ein Kleid für das Kon-
firmationsfest habe? Nachdem Ja hierzu
und einer weiteren Entschuldigung machte
sich der der Pastor wieder davon. Hinterließ aber einen Gutschein für ein neues
Paar Schuhe und Anna hatte ein schönes,
neues Paar Schuhe zum Wechseln. Sie
wurde ein paar Wochen später in der evangelischen Kirchengemeinde konfirmiert.

Kapitel 6

Im Frühling kamen aus Darkehmen sehr
schlechte Nachrichten. Onkel Hermann war
plötzlich verstorben. Es war am Palmsonn-
tagmorgen die Familie wollte zur Kirche
und Frieda hatte sich schon gewundert,

dass Onkel Hermann noch nicht fertig ange-
kleidet in der Küche saß um vor dem Kirch-
gang seinen Morgenkaffee zu trinken. Sie
hatte an seine Zimmertür geklopft aber
keine Antwort erhalten. Dann hatte sie die
Tür geöffnet und Onkel Hermann friedlich,
mit der Brille vor den Augen, in seinem
Sessel sitzend vorgefunden. Es sah aus als
sei er nur kurz eingenickt. Der Tod hatte ihn
beim Lesen der Wochenzeitung friedlich
mit sich genommen.

Der Tod von Onkel Hermann stellt die Familie vor ein großes Problem. Ohne die Pension von Onkel Hermann konnten die Großeltern den Mietpreis für das Haus nicht
mehr bezahlen. Auch für Frieda wurde die
Arbeit immer schwerer, denn der Großva-
ter wurde hinfällig und immer vergesslicher.
Die Großmutter war völlig verstummt,
sie hatte den Wegzug ihrer Kinder nie ver-
kraftet. Die Zuwendungen aus Wattenscheid blieben ebenfalls aus. August konnte
sie nicht mehr aufbringen. An den Nachzug

der alten Eltern war gar nicht mehr zu denken. An diesem Abend, die Kinder schliefen längst und der Schlafbursche war zur Nachtschicht, berieten Maria und August wie es jetzt weitergehen solle. Hier alles aufgeben und zurück. Auf dem Gut gab es sicher genug Arbeit für ihn. Aber die Schulden bei Zechengesellschaft würden mit ihnen gehen und das Versagen auch. Er war dann der Mann der es nicht geschafft hatte im Westen. Alle wurden reich nur er nicht. Er wäre gescheitert. Diesen Gedanken konnte August nicht ertragen. Oder sollte er auch nach Darkehmen fahren im Auftrag der Zechengesellschaft und andere Familien anzuwerben? Er könnte einen Teil seiner Schulden so tilgen. Aber das kam auch nicht in Frage. Betrügen? Nein sie hätten sich nicht mehr in die Augen schauen können. Also kam man zu dem Schluss, dass alles aufgelöst werden solle, auch der Haushalt der Kreitschmanns den sie eigentlich nach Wattenscheid holen wollten. Für die Großeltern würde man um ein Zimmer im Altenstift der mennonitischen evangelischen Gemeinde nachsuchen, dort wären sie gut unterbracht. So wurde es gemacht, nach der Beerdigung von Onkel Hermann, an der nur August teilnehmen konnte, sprach dieser mit dem Gemeindepfarrer der die Familie seit Jahrzehnten kannte. Die Eltern erhielten ein Zimmer im Altenstift. August verkaufte das restliche Hab und Gut das noch in dem Haus war und verabschiedete sich von Kusine Frieda. Der Abschied von seinen alten Eltern fiel August unendlich schwer. Seine Mutter wollte ihn nicht mehr weglassen und weinte sehr, der Vater drehte sich in seinem Sessel zum Fenster und schaute schweigend und in sich gekehrt in die Landschaft hinaus. Es war als habe er schon lange von allem Abschied genommen und auch diesen, ja sein ganzes Leben, bereits schon wieder vergessen. August sollte keinen von ihnen wiedersehen. Anderthalb Jahre später starb sein Vater und nach sechs

Wochen später folgte ihm seine Mutter. Es war der Familie nicht möglich an den Beerdigungen teilzunehmen nehmen. Frieda beschrieb alles in einem langen Brief, dann ging auch sie zurück zu ihrer Familie nach Danzig. Sie heiratete einen Witwer mit zwei Kindern, bekam selbst noch zwei Kinder und gründete eine eigene Familie.

Kapitel 7

Die letzte Brücke in die alte Heimat war abgebrochen. Darkehmen wurde zur sehnsüchtigen Erinnerung, in der immer die Augustsonne schien und sich auf den Äckern das schwere goldene Getreide im Wind wiegte. Anna half jetzt noch mehr der Mutter im Haus und der Garten musste beackert werden. Sie übernahm viele Aufgaben der Mutter im Haushalt, denn Maria war wieder schwanger. Es war diesmal viel schwere r für sie als bei den beiden anderen Kindern. Sie litt, aber sie schwieg. Wie würde es sein mit drei Kindern im Haus. Ihr Hausstand aus der Heimat konnten sie nicht holen, er war verkauft worden und Maria glaubte auch nicht daran, sich jemals etwas Neues anzuschaffen zu können. Im Moment war kein Geld übrig.

Der 01. April im folgenden Jahr, war ein kalter aber sonniger Vorfrühlingstag. August hatte Nachschicht und kam gerade aus Waschkaue in der die Bergleute sich den Kohlenstaub abbrausen und frische Sachen anziehen konnten. Am ersten April traten die neuen Lehrlinge ihre Ausbildung an und auch in der Zeche war es an diesem Tag Brauch, die Neulinge in den April zu schicken, sie zu verulken. August war kein Neuling, aber als er an diesem Tag über das Gelände nach Hause ging, grüßten ihn alle Kumpel die zur Tagschicht kamen. „Herzlichen Glückwunsch August, du bist Vater von Zwillingen geworden. Maria hat heute Nacht einen Jungen und ein Mädchen entbunden. Glückwunsch dem stolzen Vater". „Ja danke", antwortet August „ April, April". Sein Kind sollte erst in sechs Wochen zur Welt kommen und von Zwillingen hatte die Hebamme nicht gesagt. Müde betrat er die Waschküche im hinteren Teil des Hauses und um sich seiner schmutzigen Arbeitskleidung zu entledigen, als seine Tochter Anna aufgeregt durch die Tür stürmte und rief, Zwillinge, wir haben Zwillinge und Mutter ist gesund. Die schmutzigen Klamotten waren vergessen. August lief in seiner Arbeitskleidung und auf Socken die Treppe hinauf in die die kleine Kammer die den Eltern als Schlafzimmer diente und rannte dabei fast die Hebamme um, die mit einem Stapel Wäsche ebenfalls in die Schlafstube drängelte. In aller Eile hatte man einen Wäschekorb organisiert und, zusätzlich zu der kleine hölzernen Wiege die August für sein drittes Kind gebaut hatte, mit Laken ausgestattet um auch für den zweiten neuen Erdenbürger einen Schlafplatz zu schaffen. Im Augenblick lagen beide Kinder frisch gewickelt neben Maria im Elternbett und schliefen. Maria sah blass und erschöpft aus, sie war zwar gesund aber diese Geburt hatte sie sehr mitgenommen. Eine Traurigkeit war während der Schwangerschaft über sie gekommen aus der sie nie wieder richtig herausfand. August nahm die Hände seiner Frau und küsste sie auf die Stirn, sie lächelten sich an und spürten eine Verbundenheit wie seit Langem nicht mehr. Es sollte ihn ihrem Leben die letzte Geste der Liebe und Verbundenheit sein. Die Großeltern hatten die Geburt der Enkel nicht mehr erlebt. Diese beiden Kinder waren also in der Fremde geboren, sie würden Wattenscheider sein und die Heimat der Eltern wohl nie kennenlernen. Ihr Band in die alte Heimat zerfiel in seine Einzelteile. Erinnerungen begannen zu verschwimmen und gerannen zu schönen Bildern in denen immer eine Sommersonne lachte, der Schnee die Weihnachtszeit in eine Winterwunderwelt verwandelte und das Glück immer mit der Hand zu greifen erschien. Hier in ihrem Wattenscheider Häuschen war alles ungeordnet, es gab auch eine gute Stube, aber keine soliden Möbeln in der die Familie zusammen sitzen konnte. Die Eltern hatten ein Bett von der Kirchengemeinde geschenkt bekommen und die Kinder schliefen auf Strohsäcken. Es schmerzte Maria unendlich, sie fühlte sich wie eine Bettlerin. Dabei arbeitete August unermüdlich und fuhr zu jeder jede Zusatzschicht ein die er bekommen konnte. Aber die schwere Arbeit hatte auch bereits Spuren in seinem Gesicht hinterlassen. Seine Gesichtskonturen waren schärfer und der Ausdruck härter geworden, er war ungeduldig und lachte längst nicht mehr so viel wie früher.

Zur Taufe der beiden kleinen Kreitschmanns, die die Namen Friedrich und Wilhelmine erhielten, von allen aber ihr Leben lang nur Fritz und Mimi genannt wurden, kam auch ein Angestellter um im Namen der Zechenleitung um zu gratulieren und die jungen Eltern zur Geburt ihrer Kinder mit einer kleinen Geldsumme zu überraschen. Das Kaffeetrinken zu Ehren der Täuflinge fand im Feierabendhaussaal der Siedlung statt. Vetter Karl mit seiner ganzen Familie und Nachbarn und Kollegen waren mit dabei. Die Frauen hatten Kuchen gebacken und kümmerten sich um den Ablauf. Maria konnte sich auf ihre Nachbarinnen verlassen. Bei deren nächster Feier würde sie ebenfalls kochen und backen und helfen. Selbstverständlich kam auch der Selbstgebrannte in die Gläser und es wurde ihm reichlich zugesprochen. Beim Zuprosten nahm der Abgesandte der Zechenleitung August kurz auf die Seite und sagte, „August du kommst doch aus Ostpreußen aus Königsberg. Kannst du mit Pferden umgehen? Dein Neffe Karl ist ja bei uns Pferdejunge

und er hat uns berichtet, dass du, sein Onkel, auf dem Gestüt Trahkenen gearbeitet
hast. Und das du später auch als du schon
Vorschnitter auf dem Gut warst, immer
noch die Pferde des Baron versorgt hast?
Stimmt das so"? August bejahte, er hatte
sein Leben lang mit Pferden gearbeitet. Er
liebte sie, hatte aber geglaubt, dass er hier
in Wattenscheid wohl keine Pferde zu Gesicht bekommt. Der Angestellte erzählte
weiter, dass die Zechenleitung plane die
Grubenponys nicht mehr bei den umliegenden Bauern erwerben, sondern selbst züch-
ten will. Es werden immer mehr Grubenponys gebraucht und da kommt nur eine eigene Pferdezucht in Frage. Diese wird auf der
Zeche untertage sein. „Hättest du Lust hier
fleißig zu arbeiten und aufzubauen. Wir
suchen zuverlässige Männer mit Pferdever-
stand. Du fährst zwar immer noch wech-
selnden Schichten ein, aber nur um mit den
Pferden zu arbeiten und du braucht nicht
mehr als Hauer vor die Kohle. Deine Haupt-

arbeit wird im Stall bei den Ponys sein und dein Lohn wird auch nicht zu verachten sein. Überleg es dir". August überlegte nicht lange und sagte zu. Es war eine Entscheidung die er nie bereuen sollte. Als er, viele Jahr e später, aus dem Arbeitsleben ausschied, hatte er eine kleine Ranch unter Tage aufgebaut, in der starke gesündere Ponys standen die die Loren zogen. Trotzdem war das Leben der Grubenpferde ein Elend für die Tiere, die nie eine grüne Weide und Sonnenlicht sahen. Das letzte Grubenpony ging in den 1960ger Jahren in den Ruhestand.

Kapitel 8

Bei den Kreitschmanns hatte sich der Alltag eingefunden. Die Kinder gingen zur Schule und der Vater zur Arbeit. Maria hatte mit den Zwillingen die mittlerweile drei Jahre alt waren genug zu tun. Mimi war ein liebes ruhiges Kind das der Mutter am Rockzipfel hing und Fritz war ein zarter aber ungewöhnlich aufgeweckter Junge, der in seiner schier grenzenlosen Neugier zu kleinen Unfällen neigte. Obwohl August als Pferdeführer mehr verdiente war das Geld war immer noch sehr knapp, man sparte auf neue Möbel. Anna die älteste Tochter hatte ihr Elternhaus kurz nach der Taufe der Zwillingen verlassen und eine Stelle bei als Hausmädchen bei einer jüdischen Metzger Familie in Gelsenkirchen angenommen. Ihr Auszug war nicht ohne Streit vonstattengegangen. Anna hatte seit ihrer Kindheit den Wunsch zusammen mit ihrer Freundin Lise Verkäuferin zu werden. Auch wenn das große Lübecker Kaufhaus aus ihrem Kindheitstraum in weite Ferne gerückt war, wollte sie doch gern in die Lehre zu einem Kaufmann in Wattenscheid gehen. Aber der Vater war uneinsichtig und strikt dagegen. Für ein Mädchen lohne sich eine Ausbildung nicht, sie sei alt genug und es werde Zeit, dass sie den Haushalt lerne, denn sie werde ja sowieso bald heiraten und eine Ausbildung dann nutzlosere, teurer Schnickschnack den sich aus dem Kopf schlagen soll. August wies den Wunsch seiner Tochter barsch mit den Worten – „Tütchen drehen wolle das Fräulein gerne groß, Tütchen drehen" ab. Dieser Spruch brennt sich bei Anna ein und sie wird ihrem Vater bis zu ihrem eigenen Tod nicht mehr verzeihen. Anna musste wie so viel Mädchen ihrer Generation als Dienstbote in einen Haushalt. Bei Kost und Logis und einem winzigen Gehalt arbeiteten sie zehn und mehr Stunden am Tag, sechs bis sieben Tage in der Woche. Mit ein paar Stunden Ausgang. Anna hatte aber Glück, denn der Metzgermeister und seine Frau aus Gelsenkirchen waren anständige Leute, Anna war neben ihrer Tätigkeit in Haus und Küche auch die Betreuung der zwölfjähren Tochter Laura zuständig. Laura war ein aufgewecktes nettes, hübsches Mädchen mit langen schwarzen Haaren und sie liebte Anna. Die Eltern arbeiteten viel und gingen am Abend gern gesellschaftlichen Verpflichtungen nach. Laura und Anna waren dann allein und vertrieben sich Zeit auch mit allerlei Schabernack. Die Familie hatte schon, wie wenige weitere gutgestellte Gelsenkirchener auch, ein Telefon. Die Beiden riefen dreist bei Privatpersonen oder Geschäftsleuten an und veräppelten sie, sie seien vom Telegraphenamt und müssten wissen wie lang ihre Leitung sei, wenn von unbedarften Angerufenen die Zuleitung Telefon nachgemessen wurde riefen die frechen Gören, „Sie haben aber eine lange Leitung" in den Hörer und legten schnell auf. Sie wussten nicht, dass die Verbindungen die ja von Hand erfolgten und das das Fräulein vom Amt den Anrufer in der überschaubaren Menge der Anschlüsse sehr gut identifizieren konnte. Das haben die Mädchen sich nicht überlegt. Kurzum es gab Beschwerden und Hausherr setzte dem Spaß lautstark und autoritär Ende. Auch die Kopfläuse, die Laura aus der Schule mit brachte, blieben von ihrer Mutter nicht unbemerkt. Bevor noch Annas eher untauglicher Versuch mit dem Staubkamm die lästigen Bewohner auszukämmen, was diese aber nicht beeindrucken konnte, beendet wurde, hatte die Mutter schon ein anderes probates Mittel zur Anwendung gebracht. Die langen Haare wurden mit Petroleum kräftig übergossen und dann ließ man das Petroleum mehrere Stunden unter einem Handtuch einwirken. Das arme Mädchen hatte nach der Prozedur Brandblasen am Kopf und im Nacken. Sie ließ es schweigend über sich ergehen, denn ihre Mutter hatte nur eine weitere Alternative angeboten, das Abschneiden der schönen langen Haare. Das Leben im Hause der Metzgerfamilie war arbeitsreich und anstrengend, aber auch um vieles angenehmer und bequemer als im beengten Elternhaus Siedlung

Lohrheide. Anna kam nicht mehr so oft zu
Besuch.

Kapitel 9

August hatte sich angewöhnt nach der
Schicht in der Kneipe neben dem Zechentor
noch ein Bier zu trinken. Er entkam so dem
Familienalltag mit den Fragen und Vorwür-
fen der Ehefrau, wann es endlich bergauf
ginge und den Rangeleien der Zwillinge.
Die jetzt so groß waren , dass sie alles auf
den Kopf stellten und man immer hinterher sein musste, damit sie sich nicht verletz-
ten oder etwas kaputt machten. So wie an
dem Nachmittag als Fritz versuchte Brot
aus dem verschlossen Brotkasten zu steh-
len. Er löste mit einem scharfen Messer
einen Teil der Rückwand und zog den Brot-
laib heraus. Um nicht erwischt zu werden,
behielt er ein waches Auge in Richtung
Küchentür und schnitt blind nicht nur eine

große Scheibe Brot ab, auch ein Stück seines kleinen Fingers wurde Opfer des scharfen Messers. Er entging seiner Strafe nur, weil die Sorge der aufgeregten Eltern um den Jungen größer war als ihr Ärger. Und als sie vom Doktor zurück kamen war die schwärzeste Wolke bereits weiter gezogen. Alle waren froh, dass Fritz seinen Finger behalten konnte. An einem Nachmittag nach der Frühschicht saß August wieder mal in der Kneipe vor seinem Bier. Es war noch früh war, die meisten Kumpel waren noch auf Schicht. Ein Mann saß mit August am Tresen und sprach ihn an. Er sei im Augenblick in einer leichten Klemme, dass Geld reiche nicht und er würde doch so gern noch ein oder zwei Bierchen trinken, ob August ihm nicht aus der Patsche helfen könne und ihm leihweise ein paar Mark überlassen könne, er zahle es am nächsten Lohntag zurück, versprochen. August erklärte ihm, dass er auch nicht auf Rosen gebettet sei mit seinen vielen Kindern, aber er lud den Fremden doch auf ein Glas ein. Für ein zweitens Glas war August aber nicht mehr bereit zu zahlen. Da zog der Fremde ein Lotterie Los aus der Tasche und bot es August zu Kauf an. Für zwei Mark kaufte dieser das Los. Maria durfte nichts davon erfahren, denn die würde ihm die Hölle heiß machen für so viel Dummheit und Verschwendung.

Ein paar Tage später August hatte den Fremden in der Kneipe und das Los längst vergessen, aber das steckte noch in der Tasche seiner Arbeitshose und da Maria die Hosentaschen vor dem Waschen auszuleeren pflegte fand sie es. Jetzt wurde ihr Mann auch noch ein Spieler. Maria war wütend auch verzweifelt, dass Geld reicht vorne und hinten nicht und ihr Mann spielte in der Lotterie. Sie weinte leise vor sich hin als August, der die Waschküche trat um Maria bei der Wäsche zu helfen und den schweren Wäschekorb in den Garten tragen wollte. Sie schob den Korb vor seinen Füssen brüsk beiseite und sah ihn mit zusammen gepressten Lippen an. Als er seine Arbeitshose auf dem Waschtisch liegen sah, fiel im siedend heiß das Los ein. Er hatte es noch nicht weggeworfen und Maria wollte jetzt seine schnell vorgebrachten Entschuldigungen nicht hören. Sie drückte ihm das Los in die Hand und er ging ins Haus um seiner wütenden Frau aus dem Weg zu gehen. Die kleine pausbäckige Mimi lief dem Vater fröhlich entgegen und brachte seine Hausschuhe und die Zeitung aber der schien gar nicht fröhlich zu sein und so verdrückte Mimi sich schnell zu ihrem Bruder der in der Speisekammer wieder dabei war heimlich Brot aus der verschlossenen Brottrommel zu stibitzen, indem er einen erprobten Trick anwendete und mit einem Messer die Rückwand der Brottrommel aufhebelte. Er hatte sich dabei in der Vergangenheit schon einmal fast einen Fingern abgeschnitten, aber der schlaksige Fritz hatte immer mehr Hunger als Angst. August setzte sich derweil in die Küche und las die neuesten Nachrichten. Bis sein Blick auf einer der hinteren Seiten auf die Lotterie Ergebnisse fiel. Na ja vergleichen kann man ja mal. Er holte sein Los und verglich die seine Zahlen mit denen in der Zeitung und ihm stockte für einen Moment der Atem. Dieses Los hatte gewonnen. Eine größere Summe sogar. Er traute sich nicht nach seiner Frau zu rufen und verglich immer wieder die Zahlen. Vielleicht ist alles nur ein Irrtum. Aber das war es nicht. August reichte das Los bei der Lotterie Gesellschaft ein und ein paar Tage später brachte der Geldbriefträger das Geld in sein Haus.

Maria und August waren ihre Sorgen los. Endlich konnten die Schulden bei der Zechengesellschaft abgezahlt werden. Die nötigen neuen Möbel wurden angeschafft und es bleib noch etwas übrig und auf die hohe Kante gelegt.

Kapitel 10

Mittlerweile hatte ein neues Jahrhundert
begonnen und der Beginn dieses neuen
Jahrhunderts war auch der Beginn von Anna
eigenem Leben gewesen. Mit vierzehn wurde sie Dienstmädchen ohne Aussicht auf
Aufstieg. Mehr als zwei Jahre lang lebte
und arbeitete sie nun schon bei der Familie
des Metzgermeisters Wildberger in Gelsenkirchen. Eines Morgens rief Frau Wildberger
Anna zu sich um mit ihr wie schon so oft,
den Ablauf eines großen Festes im Hause zu
besprechen. Das Haus musste gereinigt,
das Silber geputzt und Bestellungen erledigt werden. Eine große Aufgabe und Ver-
antwortung für die Siebzehnjährige aber
Frau Wildberger wusste, dass sie sich auf
Anna verlassen konnte. Am Nachmittag war
alles erledigt und hatte ein paar Stunden
frei um sich etwas auszuruhen und dann in
frischen Kleidern den Gästen das Abendessen servieren. Die Gäste der Familie Wildberger waren aus Afrika angereist. Alte

Freunde die Jahre zuvor ausgewandert
waren. Sie lebten jetzt Lindi der Bezirks-
hauptstadt der Kolonie in Deutsch Ost
Afrika und hatte es zu Wohlstand gebracht.
Konrad Hoffmann, ein hoher Beamter im
Bezirksamt und sein Ehefrau Elise wurden
von ihrer Tochter Fernande, die kurz vor
ihrer Hochzeit mit einem verarmten deutschen Adligen stand und ihrem Sohn
Franz begleitet. Franz Hoffmann diente als
Offizier in der 3. Kompanie der Kaiserlichen Schutzarmee Deutsch-Ostafrika. In
zwei Jahren würde er den Dienst quittieren
und dann in die neue preußische Kolonie
Swakopmund nach Südwest Afrika gehen
und sich dort mit einer Farm selbständig
machen. Er liebte das einfache Leben in der
Weite Afrikas und als guter Jäger kannte er
den Busch in und auswendig. Die Hoffmanns waren trotz ihres Wohlstandes offe-
ne und freundliche Menschen. Franz war
ein gut aussehender junger Mann und in
der Uniform mit dem hochgestellten rech-

ten Hutrand wirkte er fremd aber auch abenteuerlich. Anna war fasziniert und eingeschüchtert zu gleich. Franz hatte den feschen Backfisch natürlich sofort bemerkt und neckte sie sie bei allen möglichen Handreichungen die für den reibungslosen des Abendessens nötig waren. Konrad Hoffmann bemerkte das Interesse seines Sohnes an dem Mädchen und hatte keine Scheu sich seinerseits einzumischen. Ob sie denn schon mal daran gedacht habe fort zu gehen? Nach Afrika oder Amerika. Sie könne ja wohl zupacken und war nicht dumm. Frauen seien dort Mangelware und sie würde sofort einen angemessenen Ehemann finden und gut versorgt sein. Zur Not würde man helfend zu Seite stehen. Anna wusste nicht, was sie davon halten sollte und wäre am liebst gar nicht mehr ins Zimmer gekommen. Aber Elise Hoffmann griff ein, bevor es Frau Wildberger tat, und wies die Männer zurecht. „ Macht dem Mädchen doch keine Angst". „ Dabei", so erzählte sie weiter, „war das gar so nicht falsch, denn in Lindi ist der Heiratsmarkt für weiße jungen Leute nicht gerade üppig bestückt". Auch die Familie Hoffmann war nach Deutschland gekommen um für ihre Kinder passende Ehepartner zu finden. Bei Fernade war das schon gelungen, sie würde einen Baron aus Brandenburg heiraten. Die Familie Hoffmann hatte keinen Dünkel und würde jede Wahl ihrer Kinder unterstützen. Jetzt reichte es Frau Wildberger und sie wies Anna an das restliche Geschirr abzutragen und dann zu Bett zu gehen. Morgen wurde es auch einen langen Arbeitstag geben. Anna schlief schlecht, der junge Mann aus Afrika ging ihr nicht aus dem Kopf. Anna hatte Franz nach diesem Abend noch ein paar Mal gesehen aber nicht mit ihm sprechen können. Er warf ihr Kusshändchen zu und formte mit den Lippen Worte die sie nicht verstehen konnte. Es war nicht zu leugnen Anna hatte sich verliebt. Nach drei Tagen reisten Hoffmanns ab. Anna trug noch eine Tasche an die Mietkutsche die die Familie zum Bahnhof bringen würde. Franz verbeugte sich kurz und sagte dann laut. „Liebes Fräulein Anna, wir werden uns sicher wiedersehn, sie hören bald von meinem Vater und mir. In drei Monaten werde ich wieder an der Ruhr sein und hoffe sie dann zu sehen". Dann reisten sie ab. Frau Wildberger riet Anna diese Worte nicht so wichtig zu nehmen, junge Offiziere versprechen viel und haben in der nächsten Stadt schon ein anderes Mädchen.

Keine zwei Wochen später erhielt Anna den ersten Brief von Franz, er habe sich beim ersten Blick unsterblich in sie verliebt und hoffe, dass er ihr auch nicht gleichgültig sei, seine Eltern freuen sich und hoffen bald eine Schwiegertochter im Hause zu haben. Es entspann sich ein reger Briefwechsel.

Kapitel 11

Anna besuchte ihre Eltern seit einiger Zeit
wieder häufiger. Maria brauchte sie. Mit der
Stimmung in der ganzen Familie stand es
nicht gut. Enno, Onkel Karls Sohn, der als
Kind schon kränklich war, hatte sich mit
einem Schnitzmesser in den Finger geschnitten und war im Alter von sechzehn
Jahren an einer Blutvergiftung gestorben. Er
hatte den Eltern aber schon vorher Kummer
gemacht, er war mehrfach in den Blick der
Polizei geraten, die ihm kleine Diebstähle
vorhielten. Tante Meta konnte den Tod
ihres Jungen, den sie von allen Kindern am
liebsten hatte, nicht verwinden Sie begann
sich in der Religion zu verlieren und verbrachte viel Zeit in der Kirche. Mit seinem
Ältesten Karl hatte der Onkel sich längst
überworfen. Nach vielen ziellosen Diskussi-
onen und Streitereien mit dem Vater hatte
der talentierte junge Mann seine Chance
bekommen und wahrgenommen. Er stu-
dierte an der Bergakademie. Sein Vater

haderte und bezeichnete seinen Sohn als verloren. Er war fest überzeugt, dass Karl ihm nicht die gebührende Achtung zolle und auf ihn herunter sehen würde. Er selbst hatte versagt, diese Überzeugung brannte sich als dauerhafter Schmerz so tief in seine Seele, dass er nicht mehr davon abkam. Marianne hatte einen Bergmann geheiratet und lebte mit Mann und ihren Kindern in Gelsenkirchen. In einem herunter gekommenen Stadtviertel, in dem sich die Verlierer der neuen Industriegesellschaft sammeln. Seit ihrer Hochzeit hatte sie jedes Jahr ein Kind bekommen und da sie noch sehr jung war, konnte ein Ende des Kindersegens noch nicht abgesehen werden. Am Ende sollten es zwölf werden. Ihr Mann war ein unzuverlässiger Taugenichts der sich immer neue, undurchsichtige Geschäfte verstrickte und das wenige Geld der Familie durchbrachte und so lebte Marianne mit ihrer Familie in ärmsten Verhältnissen. In ihrem Haushalt führte Marianne aber ein hartes

Regiment und war ihren Kindern gegenüber unnachgiebig und streng. Obwohl sie selbst von der Hausarbeit nicht so viel hielt, auch nicht viel davon verstand und auf die ständige Hilfe ihrer Eltern angewiesen war.

Maria hatte Anna gebeten für einen Nachmittag heim zukommen, denn es gab etwas zu besprechen. Hermann war vor gut einem Jahr konfirmiert worden und hatte die Schule verlassen. Für August war es selbstverständlich, dass auch Hermann als Bergmann einfahren würde und so hatte er alles Nötige schon mit der Betriebsleitung abgesprochen, der Junge sollte erstmal über Tage in der Kohlensortierung arbeiten und dann in ein oder zwei Jahren als Jungbergmann einfahren. Der erste Arbeitstag wurde festgemacht. Hermann wurde nicht gefragt. So kam es, dass Hermann an diesem ersten Tag einfach nicht aus dem Bett aufstand und sich seit dem weigerte das Zechengelände überhaupt zu betreten. Er kam und ging ohne Gruß und trieb sich her-

um. Wo das wusste Maria nicht. Er war
eines Tages mit einer Gitarre heim gekommen und spielte darauf, wenn der Vater
nicht zuhause war. Es klang gar nicht
schlecht was er da so aufspielte, aber
wozu? Seinen Lebensunterhalt konnte er so
sicher nicht bestreiten, er würde den Eltern
immer auf der Tasche liegen. Er soll arbeiten und Geld verdienen. Anna versprach
mit Hermann zu reden bevor es der Vater
tat und es dann ein Unwetter geben würde.
Sie traf ihren jüngeren Bruder im Garten, er
saß auf der Bank zupfte sein e Gitarre und
sang dazu. Einen Gassenhauer den Anna
natürlich auch kannte, den sie ging hin und
wieder mit ein paar Freundinnen zum Tanztee. Hermann wollte erst nicht heraus mit
Sprache. Erzählte dann aber, dass er schon
in der Schule immer Musik gemacht hat,
seine Lehrer hatten ihm Mut gemacht zu
singen und zu musizieren. Auch nachdem
August es während einer Weihnachtsfeier
strikt abgelehnt hatte seinem Sohn die Mu-

sik zu ermöglichen, war dieser ohne Wissen des Vaters in ein Mandolinen Orchester eingetreten. Das hatte nichts gekostet, es wurde vom Arbeiterverein der Sozialdemokraten angeboten. Hier konnten die Kumpel und Arbeiter ihre Freizeit sinnvoll gestalten. Mandoline oder Bandoneon lernen, Theater spielen oder sich politisch informieren. Hermann hatte beides getan. Er beherrschte mittlerweile drei Musikinstrumente Gitarre, Mandoline und das Banjo ein unbekanntes Instrument aus Amerika. Aber das war nicht alles, er hatte auch die Schriften von Marx und Engels und den Vorwärts gelesen. Er wollte frei sein, frei denken und handeln und nicht für den Kapitalismus arbeiten. Er wollte dafür kämpfen, dass die Zechen zukünftig den Menschen und nicht den Gesellschaften der Reichen gehören. Er hatte gehofft sich durch zu mogeln bis er sechszehn ist, so in einem Jahr, und das Elternhaus dann verlassen. Sein Leben dann nach eigenen Vorstellungen gestalten und dafür kämpfen zu können, dass alle Menschen nach ihren eigenen Vorstellungen leben und arbeiten können. Das jeder Mensch ob Mann oder Frau auf seinen Wunsch Zugang zur Bildung bekommt. Anna selbst hatte nicht entscheiden dürfen was sie lernen und arbeiten wollte. Alles wurde über ihren Kopf hinaus entscheiden. Hermann beklagte das, er wünscht sich für seine kleinen Geschwister eine Entscheidungsfreiheit die Anna nie hatte und er nicht bekommen sollte. Dafür würde er gemeinsam mit den Sozialdemokraten kämpfen. Für ihn würde es ein bedingungsloser Kampf werden. Er werde sich allen Widernissen entgegen stellen. Er hatte sich mit drei anderen jungen Menschen zusammen getan und sie machten regelmäßig Musik auf Hochzeiten oder Festen. In den Tanzlokalen der umliegenden Städte gehören sie zum wöchentlichen Programm. Vom Publikum begeistert gefeiert, verdiente er jetzt schon das Mehrfache eines

Hauers und der Vater könne ihm nicht vor-
werfen zu faulenzen und nicht für seinen
Lebensunterhalt sorgen zu können. Hermann sparte, er wollte die Musik zu seinem
Beruf machen und auf ein Konservatorium
gehen.

August war in der Zwischenzeit nach Hause
gekommen und war sehr überrascht, so
plötzlich seine beiden Ältesten bei einander
sitzen zu sehen. Hermann braucht sicher
wieder Geld. Ist doch immer dasselbe. Und
Anna? Ein alleinstehendes Mädchen. Na
hoffentlich hat sie sich nicht vergessen und
es ist was Schlimmeres passiert. Aber er
hörte sich die Geschichte an und Hermann
erklärte seinem Vater noch einmal wie er
seine Zukunft sieht und hofft, dass dieser
verstehen wird, was seinen Sohn umtreibt.
Aber als Hermann zu Ende gesprochen hat,
steht August wortlos auf zieht seinen Gürtel
aus der Hose und drischt auf Hermann ein.
Er hatte sich hier in Wattenscheid angewöhnt seine Kinder mit dem Gürtel zu

schlagen. Anfangs ist es ihm schwer gefallen, denn August war von Natur aus kein gewalttätiger Mensch, aber die Angst alles könnte ihm aus den Händen gleiten hatte ihn zu einem Despoten gemacht. Seine Herrschsucht war für ihn auch Genugtuung und verhalf ihm zu der Gewissheit, dass er der Herr im Haus ist und den Weg der ganzen Familie bestimmt. Er drosch weiter auf Hermann ein. Maria und Anna gingen dazwischen und bekamen den Gürtel ebenfalls zu spüren. Von Hermann war keine Ton hören. Als August von ihm abließ, stand Hermann auf und baute sich vor seinem Vater auf, er war mit kaum sechszehn schon einen Kopf größer und kräftiger als dieser. Seine Stimme war fest und bestimmt als er sagte, ich wehre mich heute nicht und werde die Hand nicht gegen dich erheben, du bist mein Vater und das Gebot verpflichtet mich dich zu ehren. Aber solltest du noch einmal Jemanden aus der Familie verprügeln mit oder ohne Gürtel dann, das verspreche ich schlage ich so lange zurück bis du es begreifst. Er drehte sich weg und verließ sein Elternhaus. August ließ sich in einen Sessel fallen und schwieg, er war ein gebrochener Mann. Maria weinte und Anna konnte sie nicht beruhigen. Die Machtverhältnisse im Haus Kreitschmann hatten sich verschoben.

Auf dem Heimweg traf Anna ihren Vetter Karl. Er war auf dem Weg zu einer Konferenz mit der Zechenleitung und hatte nicht viel Zeit. Sie hatten sich lange nicht gesehen und begrüßten sich herzlich. Karl sah gut aus. Er trug eine dunklen Anzug und eine kleine goldene Brille. Karl war jetzt Jemand. Er hatte sich als Pferdejunge so gut gemacht, dass die Betriebsleitung auf ihn aufmerksam wurde, sein Talent erkannte und ihn auf die Bergschule nach Bochum schickte. Zwei Jahre dauerte seine Ausbildung und er schloss die Bergschule erfolgreich ab. Er hätte nach dieser Ausbildung sofort als höherer Bergbeamter als Steiger

auf die Zeche Holland zurückkehren können. Aber er wollte mehr, sein Platz wollte
er in der neuen Stahlindustrie finden, hier
lag seine Zukunft. Mit Hilfe eines Stipen-
diums konnte er an der Bergakademie in
Clausthal-Zellerfeld, einer kleinen Stadt im
Harz, weiter studieren und war jetzt ein
gefragter Bergingenieur. Karl hatte mittlerweile die Tochter eines Dortmunder Bank-
haus Besitzers geheiratet. Als er seine Braut
den Eltern vorstellen wollte, hatte sich sein
Vater geweigert sie zu begrüßen, er wollte
Karl und sein junge Braut nicht sehen und
hatte ihnen für immer sein Haus verboten.
Die Mutter traute sich nicht gegen den Vater aufzutreten und so waren Karls Kontakt
zu seiner Familie war für immer abgebrochen. Karl versprach Anna sich bei ihr zu
melden und sie zu sich nach Dortmund ein-
zuladen, seine Frau würde sich sehr freuen.

Anna war über all das sehr traurig, sie
konnte mir niemanden reden. Hatte sie
doch gehofft in der Familie einen Men-

schen zu treffen der ihr zuhört. Anna war
hin und her gerissen. In dem letzten Brief
hatte Franz ihr einen Heiratsantrag gemacht. Er schrieb, sie wisse ja das in einem
halben Jahr sein Abschied vom Militär an-
stünde würde und er dann in Südwestafri-
ka eine Farm kaufen werde. Er bat sie aller
Form um ihre Hand, er wünscht sich sehr
dass sie nach Afrika kommt und ihn heira-
tet, er würde alles dafür tun, dass sie auf
der Farm glücklich werden. Anna hatte den
Antrag angenommen und so war sie ver-
lobt, aber sie war noch nicht mündig und
konnte ihrem Verlobten nicht einfach so
folgen. Sie würden noch ein Jahr warten
müssen, dieser Gedanke war unerträglich.
Da ihr ein Gespräch mit der Familie jetzt
unmöglich erschien, bat sie Frau Wildberger
um ein Gespräch und erzählte ihr alles. Die
Wildbergers waren ihr gegenüber immer
anständig und gut gewesen, aber jetzt zeigte Frau Wildberger eine andere Seite. Sie
machte Anna heftige Vorwürfe, sie habe das

Vertrauen das in sie gesetzt wurde mit Füssen getreten und sich an den Sohn ihrer Freunde heran gemacht. Sie glaube doch nicht ernsthaft, dass sie eine Bergmannstochter von Franz geheiratet würde. So etwas wollte Frau Wildberger in ihrem Haus nicht dulden. Anna habe ihren guten Ruf und somit auch den guten Ruf ihres Hauses aufs Spiel gesetzt. Sie würde Anna ausnahmsweise noch einmal eine Chance geben, wenn sie verspräche wieder ein anständiges, tugendhaftes Leben zu führen. Den Hoffmanns würde man in einem Brief darlegen, dass eine Verbindung auf gar keinen Fall in Frage käme.

Anna kündigte.

Kapitel 12

Nach ihrer Kündigung bei den Wildbergers sah sich Anna vor ein großes Problem gestellt, denn sie hatte ihren Eltern nicht da-

von erzählt und jetzt musste sie schnell
eine Möglichkeit finden um ihren Lebensunterhalt zu sichern. Eine Freundin erzählte
ihr, dass in einer Gelsenkirchener Schankwirtschaft eine Bedienung gesucht wird
und sie stellte sich dort vor. Der Wirt freute
sich eine kräftige Mitarbeiterin zu bekommen, die auch noch gut kochen konnte. Die
Arbeit in der Wirtschaft war schwer, aber
mit dem Wirt einem gemütlichen, freundli-
chen Mann kam Anna gut zurecht und sie
konnte anpacken und scheute vor keiner
Mühe zurück. Zum ersten Mal in ihrem Leben bekam sie einen Lohn für ihre Arbeit
der mehr war als nur ein Taschengeld und
ihr Arbeitgeber mischte sich nicht in ihre
Privatangelegenheiten ein. Trotzdem war
sie gezwungen mit ihren Eltern zu reden,
denn als ledige junge Frau, zudem noch
nicht volljährig, konnte sie nicht eigenstän-
dig ein Zimmer anmieten. Anna zog zurück
zu den Eltern. Von ihrer Verlobung hatte sie
den Eltern noch nichts erzählt, aber es

würde ja nicht mehr lange dauern dann musste sie heraus mit der Sprache und alles würde sich fügen. Bald würde sie Franz heiraten und ihm nach Afrika folgen.

Der Einzug ging ruhig vonstatten. Maria freute sich, ihre Älteste noch einmal im Hause haben zu dürfen und August sagte überhaupt nichts mehr dazu. Nach dem Streit mit Hermann hatte er sich aus dem Leben seiner älteren Kinder zurückgezogen.

Kapitel 13

Die Nachrichten aus Afrika ließen nichts Gutes erahnen. Franz hatte sich zum Beginn des Jahres 1904 von Lindi nach Okahandja versetzen lassen und war im Begriff von der Kolonialgesellschaft Land für ihre gemeinsame Farm zu kaufen. Der Kaufvertrag wurde abgeschlossen und Franz hatte bereits seine Nachbarn kennengelernt die ihm behilflich sein könnten die Chiefs zu kontaktieren um geeignete schwarze Landarbeiter einzustellen, die sein neues Haus bauen und auf der Farm arbeiten sollten. Er wusste um die explosive, gefährliche Lage in Okahandja, glaubte sich aber unter der Führung der Schutztruppe sicher. Die Kolonialgesellschaft war mit Landforderungen und Käufen tief in das Land der einheimischen Herero vorgedrungen und hatte den Stamm der Herero aus seinen Siedlungsgebieten vertrieben, massiv ausgebeutet und wirtschaftlich ruiniert. Am 12. Januar 1904 lief das Fass über. Die Herero begehrten gegen die Kolonialgesellschaft auf und es kam unter der Führung von Samuel Mahero zu einem blutigen Aufstand. Farmen, Handelsstationen und Eisenbahnlinien massiv angegriffen, in Brand gesteckt und die Siedler getötet. Heftige Kämpfe entbrannten auch um die Stadt Okahandja.

Gouverneur Theodor Leutwein wurde angewiesen den Aufstand, der für die Kolonialherren erstaunlicherweise überraschend kam, nieder zu schlagen. Im Februar wurde die deutsche Schutztruppe um 500 Marineinfanteristen und Freiwillige verstärkt. Franz gehörte zu diesen Freiwilligen und er kämpfte jetzt gegen die Herero. Leutwein unterschätzte die Kampfkraft, den Mut und den Siegeswillen der Herero entschieden. Es gelang ihm nicht den Aufstand nieder zu schlagen. Ihm wurde das Kommando von den Vertretern der deutschen Reichsregierung entzogen und im Mai an Generalleutnant Lothar von Throta übergeben, der den Kampf mit dem Ziel einen völligen Vernichtungskrieg zu führen aufnahm. Im August 1904 umzingelten die deutschen Truppen die Herero auf dem Plateau des Waterbergs. Die Schlacht hatte die vollständige Vernichtung des Stammes Herero zu Folge. Auch die Wenigen die aus der Umzingelung fliehen konnten verhungerten und verdursten in der Omaheke Wüste.

Verlautbarung durch General Lothar von
Trotha am 02. Oktober 1904:

*Innerhalb der deutschen Grenze wird jeder
Herero mit oder ohne Gewehr, mit oder
ohne Vieh erschossen, ich nehme keine Wei-
ber und Kinder mehr auf, treibe sie zu Ihrem
Volk zurück oder lasse auf sie schießen.*

*

Mitte Oktober erhielt Anna einen Brief von
Elise Hoffmann. Er enthielt eine Todesan-
zeige die besagte, dass der Leutnant der
Kaiserlichen Schutztruppe Deutsch Süd-
westafrika Franz Hoffmann am 15. August
1904 auf dem Waterberg in Deutsch Süd-
westafrika im Kampf gegen die Herero gefallen war. Auch Anna war in dieser Anzeige unter den Trauernden als Verlobte mit
aufgeführt.

Elise Hoffman bat Anna in ihrem Brief im
Namen der ganzen Familie, sich doch dafür

zu entscheiden zu ihnen nach Lindi zu kommen, sie sei ihnen jetzt schon eine Tochter und sie würden gut für sie sorgen, wie es Franz auch getan hätte.

Anna blieb in Wattenscheid.

Kapitel 14

Zwei Jahre war es her, dass Annas Verlobter Franz Hoffmann in Afrika gefallen war. Das Angebot der Familie Hoffmann zu ihnen nach Lindi zu kommen hatte Anna schweren Herzens ausgeschlagen. Ohne Franz nur mit dem Verlust und ihren Erinnerungen an ihn, mit einer schmerzvollen kaum zu ertragenden Traurigkeit, wollte sie nicht fern von der Mutter und den Geschwistern in der Fremde sein. Sie hatte ein halbes Jahr wieder im Elternhaus gelebt bis es mit dem Vater nicht mehr ging. Er war unerbittlich und behandelte seine erwachsene Tochter wie ein kleines Mädchen. Ihre

Arbeit in der Gaststätte wurde ständig vom
ihm kritisiert er wollte nicht das sein Tochter in einer Kneipe arbeitet, sie solle zu
Hause bleiben und er Mutter helfen. Das
monatliche Kostgeld das An na ihm pünktlich zahlte nahm er aber ohne eine Miene
zu verziehen aber auch ohne den kleinsten
Dank an. Auch wenn die Erinnerung an
Franz und der Verlust ungebrochen waren,
ließ der schneidende Schmerz nach und
wich einer wehmütig, traurigen Erinnerung.
Es half ja nichts, sie musste Geld verdienen.
Die Arbeit war schwer und der Tag lang da
bleib nicht viel Zeit zum Nachdenken und
auch nicht für Vergnügen und Abwechs-
lung. A n einem milden Spätsommerabend,
es war ein Samstag, saß Anna am Küchen-
fenster, eine Nähhandarbeit lag auf ihrem
Schoß und sie sah still und wehmütig in den
Garten hinaus. Der Vater lag in der Stube
auf dem Sofa und schlief, dass tat er jetzt
immer häufiger. Der Garten war die ganze
Freude ihrer Mutter. Maria hatte im Laufe

der Jahre auf dem Stück Land hinter dem Haus einen Gemüsegarten und einen Blumengarten angelegt. Jetzt Anfang September standen die bunten Dahlien in voller Blüte. Es reiften Obst und Gemüse und es wurde geerntet und geputzt was das Zeug hielt um alles in die vorbereiteten Gläser zu füllen und einzukochen. Der Winter war lang und ein Glas Obst zum Nachtisch immer hoch willkommen. Heute war einer der wenigen Tage an dem Maria nicht zu Hause war. Ihre Nachbarin hatte wieder ein Kind bekommen und benötigte ihre Hilfe. Auch Anna wollte später zu den Frauen hinüber gehen und helfen. Sie schaute noch auf den blühenden Garten als ein Steinchen an die Scheibe geworfen wurde und eine leise Stimme rief, „Anna bist du allein"? Sie beugte sich vor und schaute wer sie da rief und sah ihren Bruder Hermann durch die Hecke, die den Blick in den Garten versperrte, spähen. „Ja ich bin allein, warte ich komme hinaus". Als sie ihrem Bruder gegenüberstand musste sie weinen. Sie hatten sich lange nicht gesehen, Hermann hat mit den Eltern gebrochen. Jetzt stand er vor ihr und sie umarmten sich." Anna ich bin gekommen um dich abzuholen, unsere Band spielt heute zum Tanz bei Bohmers in Wattenscheid, lass uns doch mal wieder zum Tanztee gehen wie früher, komm mit du musst doch unter Menschen du bist viel zu jung um zu versauern. Du willst doch keine alte Jungfer werden". Anna überlegte und dann lachte sie, „ich hol nur noch meinen Hut", denn ohne Hut konnte ein anständiges Mädchen nicht vor die Tür gehen. Leise ging sie ins Haus und über die schmale Treppe zu den Schlafräumen hinauf. Was ist los Anna, rief der Vater plötzlich, „ist die Mutter schon wieder zu Hause? Ich hab langsam Hunger". „Nein Vater es ist nichts es ist noch früh schlaf noch ein bisschen. Ich will nur neues Garn holen". Das war jetzt nicht gut, denn mit dem Hut in der Hand oder auf dem Kopf konnte sie nicht unbemerkt am Vater vorbei gehen. Sie ging ihre Kammer öffnete das Fenster und war f ihrem wartenden Bruder Hut und Handtasche entgegen. Am Hut hatten sich die Bänder gelöst und er flatterte wie ein Vogel am Fenster der guten Stube vorbei. Aus der Stube hörte man, „was ist das jetzt wieder, was soll denn das". Offen sichtlich hatte August den fliegenden Hut bemerkt. Herrmann sammelte schnell alles auf und lief schnell bis zur Straßenecke vor. Anna ging noch in ihrer Schürze gekleidet am Vater vorbei zur Tür hinaus und weg waren die Geschwister. In der Tanzgaststätte tra-fen sie zwei von Annas Freundinnen die sich ebenfalls auf das Tanzvergnügen freu-ten. Hermann nahm sein Banjo und spielte mit seiner Band einen Gassenhauer nach dem anderen. Die Mädchen saßen an einem Tisch und tranken Limonade. Sie waren froh zusammen hier zu sein. Denn man konnte ja nicht allein tanzen und musste aufgefor-dert werden. Jeder Tanz kostete die Herren

eine Gebühr und so wählten die Herren
dann auch ganz sorgfältig aus. Die Damen
mussten nichts entrichten und so tanzten
die Freundinnen miteinander bis der Wirt
dem Treiben ein Ende setzte.

Dieser Tag hatte Folgen, denn als Herrmann
Anna am frühen Abend zurück zum Elternhaus begleitete, stand Maria an der Gartentür hinter dem Haus so das August sie
durch das Fenster nicht so schnell sehen
konnte. Die Mutter hatte geweint, ihre Augen waren rot umrändert und das Gesicht
verfallen. Sie ging ihren beiden erwachse-
nen Kindern entgegen und gab ihnen zu
verstehen, dass sie sich leiser verhalten
müssen, damit der Vater sie nicht bemerkte. Maria war am Nachmittag kurz nach
Anna Aufbruch nach Hause gekommen und
hatte ihren Mann schimpfend und tobend
vorgefunden. Die Nachbarn waren aufmerksam geworden und hatte August davor zurück halten können seine Wohnungs-
einrichtung zu zertrümmern. Jetzt saß er in

der Küche und grübelte und lamentierte über sein schreckliches Schicksal und über seine undankbare Brut. Er wolle seine Älteste nie wieder in seinem Haus sehen. Nur die Zwillinge waren jetzt noch seine Kinder und auf die Beiden würde er schon aufpassen.

Maria hatte einen kleinen Koffer mit Annas Habseligkeiten und es paar Lebensmittel für Anna gepackt. Sie umarmter ihre Kinder an der Gartentür und bat sie weinend den Vater zu verstehen dass Leben hatte ihn hart gemacht. Die Geschwister verließen die Siedlungen und Anna fuhr am nächsten Tag nach Dortmund zu ihrem Vetter Karl. Karl freute sich das seine Kusine in Dortmund Arbeit suchen wollte und er bot ihr an, erstmal in seinem Haus zu bleiben. Seine Familie hätte auch Hilfe nötig und so könne sie in aller Ruhe ihr Leben ordnen. Seine junge Frau hatte ein halbes Jahr zuvor eine süße kleine Tochter, die kleine Helene, bekommen. Die beiden jungen Frauen verstanden sich gut und Anna führte nun den

Haushalt ihres Vetters, der auf ihre Koch-
künste zukünftig nur schwer verzichten
konnte. Die Stelle in der Schankwirtschaft
kündigte sie, der Wirt war betrübt darüber
und bot ihr eine kleine Gehaltsaufbesse-
rung an, Anna lehnte ab. Er verstand, dass
die ledige Anna die jetzt auch noch ohne
Elternhaus dastand, den Schutz der Familie
in Dortmund brauchte. Er gab ihr ein gutes
Zeugnis und lobte besonders ihre Kochküns-
te. Sie könne jederzeit wieder bei ihm arbeiten.

Das Leben in Dortmund bei Vetter Karl und
seiner Ehefrau war für Anna nach ihrer
Kindheit in Darkehmen die glücklichste Zeit
in ihrem Leben. Karl hatte, mit der großzü-
gigen Hilfe seiner wohlhabenden Schwie-
gereltern, für seine noch kleine Familie ein
großes Haus bauen lassen das keine Wün-
sche offen ließ. Es hatte eine riesige Küche
mit den neuesten Küchengeräten, einem
Eisschrank und es gab sogar einen Staub-
sauger der amerikanischen Firma Hoover,

der das Sauberhalten leicht machte. Aber
Anna musste hier gar nicht sauber machen
hierfür hatte Karl zwei Hausmädchen eingestellt. Die zwei großen Badezimmer hatten fließendes Wasser und das ganze
Haus war selbstverständlich beheizt und
mit elektrisches Licht und Strom ausgestattet. Anna kochte für die Familie und ver-
sorgte gemeinsam mit Charlotte der jungen
Ehefrau die kleine Helene. Charlotte war
ein liebeswerte, herzliche Frau und liebevol-
le Mutter und Ehefrau. Anna und Charlotte
waren wie Schwestern. Charlotte hatte von
Jugend auf eine zarte Gesundheit. Aber
ihre glückliche Ehe und Annas gute Küche
halfen ihr gesund zu bleiben. Es folgte eine
sehr glückliche Zeit, Anna und ihr Bruder
Hermann sahen sich oft in Dortmund. Hermann war in die Sozialdemokratische Partei
eingetreten und lieferte sich mit seinem
eher konservativ eingestellten Vetter Karl
heftige politische Dispute, die aber nie in
ernsten Streit ausarteten und so zogen sich

die Frauen auch gern lächelnd zurück,
wenn die Beiden wieder politisch aneinan-
der gerieten. Hermann machte immer noch
Musik aber der Traum ein Konservatorium
zu besuchen wurde schon lange nicht mehr
angesprochen. Die Hochzeiten, Kindstau-
fen, Volks- und Schützenfeste gefielen dem
jungen unbändigen Hermann so gut, dass er
jede Gelegenheit wahrnahm und kräftig
mitfeierte. Er hatte sich jetzt ganz dem
Klassenkampf verschrieben, agitierte und
propagierten den Sozialismus, besonders
wenn er etwas zu viel Alkohol getrunken
hatte und das kam immer häufiger vor.
Karls politisches Engagement war viel kon-
kreter, er hoffte auf ein Mandat im Deutschen Reichstag. Er war in seiner Partei, das
Zentrum, ein Verehrer von Matthias Enz-
berger und seinem Stil des Berufspolitikers.

Im Jahre 1906 eskalierte die politische Lage
in Deutschland als die Reichsregierung einen Nachtraghaushalt von 29 Million Mark
zur Unterstützung der Kolonialtruppen in

Deutsch-Südwestafrika und zum Bau einer
Eisenbahn forderte.

Reichskanzler von Bülow ein glühender
Verfechter der Kolonisierung forderte das
Recht auf Kolonien

Zitat aus dem Protokoll der Reichstagssitzung in der Reichstagssitzung vom 28. Nov.
1906:

** *„Die Frage steht nicht so: ob wir kolonisieren wollen, oder nicht;*

*Sondern wir müssen kolonisieren, ob
wir wollen oder nicht.*

*Der Trieb zur Kolonisation, zur Ausbrei-
tung des eigenen Volkstums ist in jedem*

*Volke vorhanden, das sich eines gesunden
und kräftigen Wachstums erfreut."*

Anna verstand die Welt nicht mehr. Noch
immer tobte der Krieg in Deutsch Südwest-
afrika

und die Afrikaner, die abfällig Hottentotten genannt wurden, setzten den Kolonisten stark zu.

Ihr Franz war tot und ihre Zukunft damit vorbei. Sollte das Morden nie ein Ende haben .Selbst August

Bebel ließ sich in der Reichstagssitzung von 1906 zu der Aussage, er lehne koloniale Eroberung

fremder Völker nicht grundsätzlich ab, hinreißen. Seine Sozialdemokraten hatten zehn Jahre zuvor

den Kolonialismus auf schärfste verurteilt und knickten jetzt ein.

Der Zentrumsabgeordneten Matthias Erzberger vertrat eine Art Patronatssystem zwischen den

Kolonialherren und dem kolonisierten Volk vor:

Zitat aus dem Protokoll der Reichstagssitzung vom 28. Nov. 1906;

*** „Das Verhältnis der Deutschen zur eingeborenen Bevölkerung ist
nicht das des Feindes zum Feind, sondern kann nur das des
Vormundes zum Mündel sein. Der Eingeborene ist das schwarze
Kind mit seinen Vorzügen und all seinen großen, großen Schattenseiten. "

Trotz dieser Aussagen war man aber nicht bereit den Etatforderungen nach zu kommen und

versuchte zu feilschen. Das misslang. Am 13. Dez. 1906 stimmten Abgeordnete von Zentrum,

Sozialdemokraten und polnischer Fraktion gegen den Nachtragshaushalt.

Unmittelbar danach wurde der Reichstag aufgelöst und für das Jahr 1907 Neuwahlen angesetzt.

Anna wollte diese Diskussion gar nicht hören und war entsetzt, denn der Krieg in
Afrika war immer

noch nicht zu Ende. Ihr Franz war tot und
mit ihm ihre Zukunft. Wann hörte das endlich auf, wie viele

Menschen müssen noch leiden, bevor die
Menschheit vernünftig wird.

Karl erhoffte bei den Neuwahlen auch auf
für sich einen Sitz im Reichstag in Berlin. Er
war jetzt oft unterwegs und Anna und
Charlotte sahen ihn immer nur kurz und
abgehetzt. Die Stimmung im Land war auf-
geheizt. Von der Regierungspartei unter
der Führung von Reichkanzler von Bülow
wurde eine Kampagne gegen das Zentrum
wegen „nationale Unzuverlässigkeit" und
gegen die Sozialdemokraten als" Vater-
landsverräter und Umstürzler" geführt. Karl
wurde zuhause wortkarg, angespannt und
verbissenen. Die sogenannte „Hottentotten Wahl" 1907 endete mit dem Sieg der

Regierungspartei des Herrn von Bülow.
Zwar konnten die Sozialdemokraten ihr
Ergebnisse halten und das Zentrum die
Zahl seiner Abgeordneten von 100 auf 105
erhöhen, aber Karl bekam kein Mandat. Er
zog sich aus der aktiven Politik zurück. Seine
Frau war sehr froh ihren Karl zurück zu
haben und auf ihn wartete ja schon eine
neue Herausforderung die Zeche Nordstern
in Gelsenkirchen wurde erweitert und Karl
sollte als einer der führenden Ingenieure
daran mitwirken.

Kapitel 15

Das Ruhrgebiet hatte sich verändert „es
geht aufwärts" ließ Kaiser Wilhelm II verlauten. Zwischen 1901 und 1925 erfolgte eine
Gebiets Neueinteilung, die kleine Orte der
Region wurden zu Städten zusammen gefasst, so wie sie heute noch bestehen. Der
Kohleabbau durch den Einsatz des Druck-

luftabbauhammer und der Schüttelrutsche immer effektiver, leider zu Lasten der Gesundheit der Bergleute. Neue moderne Zechen wurden abgeteuft und der Abtransport der Kohle durch neue Eisenbahnstrecken und den Neubau von Kanälen modifiziert. Über das Kanalsystem mit Zugang zur Ems war der Weg in die Nordsee frei. Für die Bergarbeiter entstanden an jeder neuen Zeche Siedlungen komfortabler und hübscher als es Lohrheide zu Anfang war. Nach einem Streik der Bergarbeiter 1905 kam man überein die Arbeitszeit für Bergleute auf 81/2 Stunden zu begrenzen.

Zu den Eltern, die beide mittlerweile das vierzigste Lebensjahr erreicht und so ihren Zenit überschritten, hatte sich das Verhältnis entspannt. Bruder und Schwester besuchten die Eltern in Lohrheide, wenn es ihnen möglich war. Die Eltern wurden alt. Das Leben von August, Maria und die Zwillinge Fritz und Mimi war ruhig geworden, endlich gab es keine nennenswerten finanziellen Sorgen mehr. Das Haus war jetzt groß genug, einen Schlafburschen gab es auch nicht mehr. Man hatte sich eingerichtet. Die Arbeit mit den Ponys war erfolgreich, August hatte sich einen Namen auf Holland gemacht, sein Konzept der Pferdezucht unter Tage wurde von anderen Zechen übernommen. Er hatte den Aufbau der Ranch für die Grubenponys gut gemeistert, die Pferdezucht war ein Glücksfall und er ging jeden Tag mit Freuden zu seinen Tieren. Die Zwillinge machten sich gut und die Eltern hatten sich mit dem Leben ihrer großen Kinder abgefunden.

Maria war etwas traurig weil Anna immer noch keinen Mann zum Heiraten gefunden hatte. Sie würde eine alte Jungfer werden. Dabei wünschte Maria sich doch sehnlich ein Enkelkind von ihrer Ältesten. Anna winkte ab und ließ sich auf keine Diskussion ein. Der Schmerz um Franz saß zu tief.

Onkel Karl war an der Bergmannskrankheit Silikose der Staublunge erkrankt und konnte die schwere Arbeit unter Tage nicht mehr leisten. Er musste und wollte aber weiterarbeiten, denn er unterstützte sein Tochter Marianne und ihre zwölfköpfige Kinderschar wo er nur konnte. Im Hintergrund hatte sein Sohn Karl, der ein erfolgreicher Ingenieur war und jetzt den Ausbau der Gelsenkirchen Zeche Nordstern mit bestimmte dafür gesorgt, dass sein Vater auf dieser Zeche eine leichte Tätigkeit über Tage fand. Onkel Karl und Tante Meta waren nach Ennos Tod und dem Auszug der beiden anderen Kinder allein und hatten die Siedlung verlassen. An dem neuen Arbeitsplatz zogen sie in eine kleine Genossenschaftswohnung der Zechengesellschaft Nordstern in Gelsenkirchen Horst. Man hatte dem Onkel erzählt die Zechenleitung habe seine Verdienste zu hoch angesehen und ihm den Wechsel ermöglicht. Der sture Mann durfte auf keinen Fall wissen, dass sein Sohn dahinter steckte, er hätte die Hilfe strikt abgelehnt.

Anna verbrachte viel Zeit mit der kleinen Helene an der sie sehr hing. Diese war fast drei Jahre alt und konnte schon sehr schön sprechen. Die Beiden verbrachten viel Zeit in der Küche , dann saß die Kleine in ihrem Kinderstühlchen und beobachte alles was Tante Anna tat , plapperte fröhlich vor sich hin vor sich oder spielte mit ihren winzigen Puppen Küchenutensilien. Sie wuselte durch den Raum und versuchte die Teigrolle oder einen groß Holzlöffel zu erwischen .Wenn sie etwas älter war, würde Anna ihr alles beibringen was sie selbst über das Kochen wusste.

Kapitel 16

An einem ruhigen Sommernachmittag, hatte Anna die kleine Helene für ein Mit-tagsschläfchen in ihre Zimmer gebracht und

widmete sich jetzt ihrer Handarbeit, als
Hermann sie unvermutet besuchte. Sie
freute sich, denn sie hatte ihren Bruder ein
paar Wochen nicht gesehen. Hermann sah
nicht gut aus, sein Gesicht war talgig ge-
schwollen und er hatte eine Verletzung am
Kopf, die aber schon abzuheilen begann.
Seine Kleidung war unordentlich und er
roch nach Schnaps. Anna führte ihn in die
Küche kochte ein große Kanne Kaffee und
machte ein paar belegte Brote zurecht. So
hatte sie ihrem Bruder noch nie gesehen. Es
sank auf einen Stuhl und erzählte ihr, dass
er vor ca. drei Wochen mit zwei seiner
Musiker Kollegen auf einer Hochzeitsfeier
Musik machen sollte. Das Brautpaar stand
ebenso wie er den Sozialdemokraten nahe
und so fand die Feier in einem Gasthaus in
Hattingen statt, in dem sich die Parteige-
nossen hin und wieder zu ihren politischen
Versammlungen treffen. Zunächst war alles
ganz fröhlich, es wurde gegessen und danach spielten sie zum Tanz auf. Es war eine

schöne Feier, bis die Tür des Saales aufge-
rissen wurde und ein paar junge Männer
hinein stürmten. Dem Vorrausgegangen
war ein Disput dieser Gruppe mit dem Wirt
des Gasthauses. Die jungen Herren hatten
sich lautstark beschwert, dass er der Wirt
nicht nur die Sitzungen dieser vaterlandslo-
sen Gesellen dieser Verräter in seinem Lokal
zuließe, nein jetzt setzten sie sich auch noch
mit den gesamten Familien hier fest. Im
Saal pöbelten die jungen Männer, die an
den Farben ihrer Couleur Bänder als Burschenschaftler einer Bochumer schlagenden
Studentenverbindung zu erkennen waren,
weiter. Sie gossen Bier auf den Boden und
versuchten zwei junge Mädchen gegen deren Willen zum Tanzen aufzufordern. Die
Musiker sollten gefälligst aufspielen, man
wolle sich amüsieren. Da platzten Hermann
und seine Freunden der Kragen, sie spran-
gen auf und griffen sich die Pöbel er und
ehe man sie versah war eine heftige Keilerei
im Gange. Der Wirt hatte in der Zwischen-

zeit die Polizei gerufen, die dem Streit ein Ende bereitete und alle drei Musiker verhaftete. Nach kurzer Rücksprache mit der Polizei durften die Burschenschafter das Lokal ungehindert verlassen.

Hermann saß ein paar Tage im Gefängnis und wurde dann wieder auf freien Fuß gesetzt. Ausgestanden war die Sache aber nicht. Die Burschenschafter hatten ihn und seine Freunde zur Anzeige gebracht und so drohte ihnen jetzt der Prozess. Er habe nicht vor sich von einem Gericht zu verantworten, denn er habe nichts Unrechtes getan. Das Gericht sei sowieso voreingenommen, denn sie seien angegriffen worden aber gegen die Burschenschaftler wurde nicht ermittelt. Die stellten sich als Opfer dar und kommen damit durch. Ihm glaubte man nicht, zumal er an diesem Abend betrunken war. Wie so oft in letzter Zeit. Anna erfuhr, dass Hermann kein unbeschriebenes Blatt mehr war, mehrfach war er wegen Streit und Prügeleien bei der Polizei auffällig geworden. Immer war der Alkohol mit im Spiel. Er wolle sich ändern und nach Amerika auswandern. Er hätte sich bereits erkundigt, ihm fehlte nur noch das Geld für die Fahrkarte nach Hamburg und so bat er Anna ihm dieses vorzustrecken sie bekäme es auf jeden Fall zurück sobald in Amerika Fuß gefasst hätte. Anna seufzte und holte aus Ihrem Zimmer hundert Mark, die sie für ihre Hochzeit zurückgelegt hatte, falls sie doch noch einmal heiraten sollte. Sie gab ihrem Bruder das Geld umarmte ihn und wünschte ihm alles Gute und Gottes Segen. Er bedankte sich und küsste sie auf die Wange, dann verschwand er. Anna sollte ihn so bald nicht wieder sehen. Ihrem Vetter Karl verschwieg sie diese Begegnung, er hätte es nicht gut geheißen. Die Familie wunderte sich später nur, dass Hermann plötzlich unauffindbar war.

Kapitel 17

Wie ihre Mutter war auch Charlotte Mitglied im monarchistisch, konservativen Königin Luise Frauenverein sie war kein besonders aktives Mitglied sondern beschränkte sich auf Veranstaltungen, Bazare, Konzerte, Kaffeegesellschaften, die einzig den Sinn hatten Spendengelder für caritative Zwecke zu sammeln. Hier wurde sie mit dem Projekt einer Kleinkinderschule bekannt gemacht. Diakonissen die Bielefelder Schwestern betrieben eine solche Kleinkinderschule bereits seit vielen Jahrzehnten in Aplerbeck bei Dortmund. Gestützt wurde diese Einrichtung auch von dem Freiherrn von Bodelschwingh und vom Frauenverein. Vorschulkinder sollten hier mit spielerischer Anleitung auf das Leben vorbereitet werden. Das Haus hatte auch einen kleinen Garten, es gehörte den Diakonissen und die evgl. Erziehung war ebenfalls gesichert. Hauptsächlich Arbeiterkinder, aber auch Kinder von Beamten und Kaufleuten wurden hier betreut. Charlotte wünschte sich für Helene eine moderne Erziehung und erklärte Karl und ihren Eltern, dass sie gedenke Charlotte ebenfalls in die Aplerbecker Kleinkinderschule zu geben. Karl fiel aus allen Wolken und Charlottes Mutter konnte sich gar nicht mehr beruhigen.

Wenn es ihr und Anna die Erziehung der Kleinen zu viel würde, gut dann wird man ein Kindermädchen einstellen. Ginge es nur ums Lerne n auch gut dann kommt ein Lehrer ins Haus. Aber seine Tochter wird auf keine Fall in so eine Einrichtung gehen, mit den Kindern der einfachen Malocher. Anna hörte still zu, war das wirklich ihr Vetter Karl, dessen Arbeitsleben als Pferdejunge auf der Zeche Holland begonnen hatte, der mit der Hilfe der Zechenleitung und verschiedenen Stipendien, die auch von den Bergleuten täglich vor Kohle schufteten erwirtschaftet war? Das war doch nicht möglich. Konnte ein bisschen Geld und Ansehen die Menschen so verändern? Sie hatte in diesem Jahr 1910 Rosa Luxemburg

in Dortmund sprechen hören, ohne jemanden, auch Charlotte nicht, etwas davon zu
erzählen war sie zu einer Kundgebung der
Sozialdemokraten gegangen. Sie folgte
ihnen nur halbherzig. Zuvor hatten die Sozialdemokraten sich gegen eine Kolonisierung ausgesprochen und 1907 dem Nachtragshaushalt zur Finanzierung des Krieges
Herero und Nama nicht zugestimmt, aber
ihr führender Redner August Bebel hatte
den Kolonialismus nicht gerade grundle-
gend abgelehnt. Anna hatte einen gesunden Menschenverstand und auch eine ge-
naue Meinung über das Leben und Politik
aber was nützte da, sie war als Frau nicht
wahlberechtigt. Diese Rosa Luxemburg
war auch Sozialdemokratin und eine Frau.
Sie war selbstbewusst und konnte sich aus-
drücken. Sie bot den Männern Paroli als
eine Verfechterin für das Wahlrecht der
Frauen in Deutschland.

Anna erkannte, dass die sie letzten Jahre, so
schön sie waren auf den Kosten anderer

gelebt hatte. Niemand warf ihr das vor und sie war auch sicher, dass in der Familie ihres Vetters Niemand auch nur daran dachte. Aber es stimmte, für alle Arbeiten konnte Karl Personal einstellen das er bezahlte. Sie war keine Angestellte sie gehörte zur Familie und er bezahlte sie auch nicht. Sie konnte sich nicht mal selbst ernähren, sie erwirtschaftet ihr eigenes Leben nicht mal und konnte darum auch keinerlei Forderungen stellen. Sie wollte das nicht mehr, ihr Leben musste sich ändern. Sie hatte als Kapital nur ihre Arbeitskraft aber sie war fleißig und arbeitsam und konnte sehr gut Kochen. Helene kam bald in die Schule und würde sie nicht mehr so brauchen. Eine Nanny die mit ihr Französisch oder Englisch reden kann wäre viel besser geeignet. Helene sollte lernen und auf die Universität gehen. Es gab schon Frauen die das taten aber es waren eindeutig zu Wenige.

Die Aussprache mit Charlotte und Karl war tränenreich. Man wollte sie zurückhalten man habe nicht bemerkt, dass sie sich so unwohl fühlt, alles kann sich ändern. Aber nach der Aussprache war klar, dass Anna sich sogar sehr wohl gefühlt hat und die Familie keinerlei Fehler gemacht hat. Aber Anna war kein junges Mädchen mehr und sie musste endlich ihr eigenes Leben finden und leben. Das war ihr bewusst geworden und Charlotte und Karl sahen es jetzt auch. Anna würde immer herzlich in Dortmund willkommen sein, es sei ihr Zuhause das sollte sie nie vergessen. Die Tür zum Haus ihres Vetters sei immer offen.

Anna ging zurück nach Wattenscheid und übernahm die Leitung der Küche im Feierabendhaus der Siedlung Lohrheide. Sie verdiente ihren Lebensunterhalt und die Zechengesellschaft stellte ihr eine eigene Wohnung zur Verfügung. So konnte sie ein Auge auf ihre Eltern halten und sie unterstützen und gleichzeitig ein eigenes Leben führen. In den Augen der Familie und bei den Nachbarn war sie kaum 24jährig bereits ein spätes Mädchen, vielleicht würde sich noch einmal ein Witwer für sie interessieren, der seine Kinder versorgt sehen möchte, aber eine eigene Familie? Das war doch wohl vorbei. Anna selbst konnte sich eine neue Liebe gar nicht vorstellen, so sehr war das Bild von Franz noch in ihrem Herzen. Wenn sie nach der Arbeit allein in ihrem Zimmer saß las sie oft die Briefe aus Afrika von Franz und seiner Familie. Die Erinnerung und die Trauer waren dann wieder mit aller Gewalt zurück. Das Schicksal war zu hart mit ihr umgegangen, sie liebte Franz immer noch von ganzen Herzen und sie hatte nicht einmal ein Grab an dem sie weinen konnte.

Kapitel 18

Die folgenden Jahre gingen weitgehend ruhig und weitgehend dahin, man hatte sich eigerichtet. Die Siedlung Lohrheide war gewachsen und die Nachbarschaft hatte sich verändert. Nachdem alle Möglichkeiten der Anwerbung von Bergleuten in den bäuerlich geprägten Gegenden des Deutschen Reiches ausgeschöpft waren warb man Arbeitskräfte im Ausland an Polen und Italiener fuhren jetzt mit ein. August konnte sich damit nur schwer abfinden. Die neuen Mitbürger waren alle katholische und er fürchtete um seine Religion, dass einzige was aus dem Leben in seiner ostpreußischen Heimat geblieben war.

In den Bergwerken wurde viel gearbeitet und mit der geförderten Kohle wurde gutes Geld verdient, das aber ausschließlich in den Händen der Zechengesellschaften lag und nicht bei den Bergleuten. Es kam immer wieder zu Streiks unter der Führung der Gewerkschaften. Auch der achtstunden Tag musste immer wieder neu erkämpft werden. Auch das Jahr 1912 war geprägt von einem Streik der Kumpel. August beteiligte sich nicht daran, denn die Pferde mussten

versorgt werden. Das wurde ihm vielfach
verübelt, er galt als Streikbrecher und besonders die in Gewerkschaften und in der
SPD organisierten Kumpel ließen ihn das
spüren. Ihm selbst kamen im Laufe der
Jahre auch manchmal Zweifel ob er seinen
Arbeitsplätz behalten würde. Unter Tage
konnte er nicht mehr schuften und auf den
Bergwerken ringsherum übernahmen zunehmend elektrische Zugmaschinen die
Arbeit der Grubenpferde.

Kapitel 19

Zum Ende des Jahre 1912 erhielt Maria einen Brief aus Hamburg. Die Absenderin war
eine Martha Kluge aus Hamburg Wilhelmsburg. Sie stellte sich Maria als Verlobte ihres
Sohnes Hermann vor. Hermann lebe seit
einiger Zeit bei ihrer Mutter zur Untermiete
und man habe sich verliebt und gedenke
auch zu heiraten. Sie beschrieb Hermann als

eine etwas unstete Natur, darum sei es
noch nicht zur Ehe gekommen. Nun sei
Hermann schwer erkrankt und liege mit
einer lebensbedrohenden Gelbsucht im
Hamburger Hafenkrankenhaus, was wisse
nicht ob er diese Prüfung überleben wurde.
Sie liebe Hermann sehr, aber sie und auch
ihre Mutter seien mit der Situation auch
finanziell überordert.

Maria fühlte erst Freude, ihr Junge lebt.
Aber was war passiert, was war geschehen
würde sie ihre lieben Hermann wiedersehen
oder begraben müssen. Sie hatte jeden
Abend gebetet, Gott möge ihn beschützen.
August sollte erstmal nichts davon erfahren. Nach dem Abendessen ging Maria zu
ihrer ältesten Tochter hinüber und zeigte
ihr den Brief. Anna kamen vor Freude und
Trauer die Tränen. Konnte man das glauben
und wer war diese Person und was wollte
sie jetzt von ihnen. Maria wollte, dass Anna
sofort losfährt um den Jungen heim zu holen. Aber Anna war besonnener und so

kamen sie überein. Anna würde erstmal nach Dortmund zu Karl fahren und die Angelegenheit mit ihm besprechen.

Nach dem Gespräch mit Karl hatte dieser über einen Kontakt in Hamburg diese Martha Kluge ausfindig gemacht und auch Hermann im Hafenkrankenhaus gefunden. Er war auf dem Weg der Besserung, aber immer noch sehr schwach. Mittelerweise wusste auch August von diesem Brief, er war nicht begeistert und wollte Hermann in seiner ja selbst gewählten Lage überlassen. Dieser Sohn war eine einzige Enttäuschung für ihn, er konnte nicht verzeihen.

Anna machte sich auf den Weg nach Hamburg und fand ihren aufgeweckten und so talentierten Bruder ausgezerrt und gelb wie eine Zitrone im Krankenhausbett. Er war sichtlich gealtert und der Alkohol und wer weiß was sonst noch hatten tiefe Spuren in seinem Gesicht hinterlassen. Es weinte wie ein Kind als er Anna sah und bedankte sich,

dass sie ihn nicht vergessen hat. Dieses
Weinen sollte ihn sein Leben lang begleiten,
er weinte wenn er glücklich war oder wenn
er traurig war, er weinte wenn ihm etwas
gelang oder wenn im etwas daneben ging.
Er weinte und dann trank er etwas und
sang zur Gitarre oder zum Banjo und seine
Welt war wieder in Ordnung.

Am Krankenbett ihres Bruders lernte Anna
Martha kennen. Martha war ein liebes, zu-
rückhaltendes unscheinbares Mädchen,
hübsch, aber nicht auffallend. Sie arbeitete
auf dem Gemüse- und Blumen Großmarkt
in Hamburg und lebte mit ihrer Mutter,
einer umgänglichen Frau, ein bescheidenes
Leben in Wilhelmsburg. Ihre Mutter war
die Witwe eines Werftarbeiters, sie hatte
ihren Mann in noch jungen Jahren durch
einen Arbeitsunfall verloren und lebte von
einer kleinen Rente die ihr die Reederei
nach dem Unfall gewährte. Zur Aufbesse-
rung ihres Einkommens vermietete sie eine
kleine Kammer, in der Martha als Kind ge-

wohnt hatte. Nach dem Tod des Ehemannes und Vaters teilten sich die beiden Frauen das Schlafzimmer in ihrer Wohnung. Alles war sehr beengt. Hermann hatte sie kennengelernt, als er sich als Mieter für die Kammer bewarb. Er sei Auswanderer und auf dem Weg nach Amerika um dort sein Glück als Musiker zu finden. Im Moment reichten aber sein Mittel noch nicht ganz und wolle noch ein paar Monate in Hamburg bleiben und arbeiten und dann Deutschland für immer zu verlassen. Er bekam die Kammer und zog ein. Er war viel unterwegs und arbeitete als Handlanger im Hafen. Er kam meist er im Morgengrauen nach Hause. Nur selten nüchtern. So lange er die Miete bezahlte war es Frau Kluge egal was ihr Untermieter so trieb. nach ein paar Monaten blieb die Miete aus und sie wollte ihn an die Luft setzen. Aber ihre kleine Martha hatte sich in den Taugenichts verliebt und lag ihre Mutter ständig in den Ohren ihn nicht vor die Tür zu setzen. Frau

Kluge bestand aber darauf, dass Hermann Martha heiraten müsse, wenn er bleiben wolle. Es ginge nicht, dass sie so unter ihrem Dach leben. Da aber keinerlei Geld vorhanden war, beließ man es erstmal bei der Verlobung und versprach sich sobald wie mögliche die Ehe einzugehen. So vergingen Monate und Jahre Martha war bald dahinter gekommen, dass Hermann nur selten im Hafen arbeitete. Er trieb sich vielmehr in den Kneipen der Hafenstadt herum trank und machte Musik für die ebenfalls betrunkenen Zuhörer. Er verdiente nicht mal schlecht, aber wenn Martha mal unaufmerksam war, war das Geld bereits wieder in den Taschen der Gastwirte. Wenn er sie mal an die Heirat erinnerte, dann wollte sie noch warten und wenn sie bereit war, wollte er noch etwas Bedenkzeit. Aber man hatte sich eingerichtet. Martha liebte ihren Trunkenbold, der trotz seiner schweren Sucht immer liebevoll mitseiner Martha umging, sein Leben lang.

Jetzt lag er vor Anna und weinte, er wolle sterben, dann wären alle Probleme für ihn und die Familie gelöst. Aber so leicht starb es sich nicht. Er musste noch einige Wochen im Krankenhaus verbringen und durfte dann wieder nach Hause. Er war selbst zum Saufen zu schwach. Die Ärzte hatten dringend geraten nicht wieder in sein altes Leben zurück zu kehren und sich vom Hafen und den Kneipen fern zu halten. Frau Kluge hatte darauf bestanden, dass die Heirat endlich seien müsse, sonst bliebe Martha in Hamburg.

So kam es, dass Hermann der verlorene Sohn mit seiner frisch angetrauten jungen Frau Martha nach Wattenscheid zurück fand. Das Verhältnis zu seinem Vater blieb für immer schwierig. Der Alte hatte seinen ungewöhnlichen Sohn nie verstanden und sich auch nie die Mühe gemacht es zu tun. Hermann fand Arbeit als Hilfsarbeiter über

Tage, für den Beruf des Bergmanns unter
Tage oder einen anderen war es für ihn
nach unzähligen Flaschen Schnaps zu spät.
Martha und Hermann wohnten in einer
kleinen Genossenschaftswohnung in Gelsenkirchen. Kinder bekamen sie nicht. Sie
arbeiteten schwer, blieben trotzdem immer
arm, denn der Alkohol war mit Hermann
von Hamburg nach Wattenscheid umgezo-
gen.

Kapitel 20

Maria war glücklich. Anna war in ihrer Nähe,
wenn sie auch, warum auch immer, noch
keinen Mann hatte. Hermann hatte sich
bemüht in ihrer Nähe nüchtern zu bleiben
und den Vater nicht heraus gefordert. Maria
mochte ihre liebenswerte Schwiegertochter
Martha sehr und hoffte auf ein Enkelkind.
Die Zwillinge würden im Frühling konfirmiert werden und dann die Schule verlas-

sen. Fritz, ein frecher, hoch aufgeschosse-
ner Halbwüchsiger mit leicht rotblonden
Haaren und wasserblauen Augen die ständig leuchteten als habe er Fieber, war kein
Problem er hörte kaum auf die Mutter, aber
für den Vater war er ein „richtiger Junge".
August erlaubte ihm viel zu viel und tat
seinen Ungehorsam mit einer Handbewe-
gung ab. Fritz hatte schon früh den Wunsch
geäußert möglichst schnell die Schule zu
beenden und mit den Bergleuten einzufahren. August war stolz auf ihn. Mimi war das
Gegenteil ihres Bruders. Sie war zart,
schlank und klein. Ihre dunklen Haare waren zu zwei langen Zöpfen geflochten.
Maria konnte sich dieses zarte Mädchen
nicht in der harten Arbeitswelt vorstellen.
Mimi hatte unter Marias Anleitung sehr gut
sticken und häkeln gelernt. Auch das Hosen-
flicken und Strümpfe stopfen machte ihr
Freude. Ihre kleinen Hände nähten flink
mit kleinen akkuraten Stichen und jedes
Stück war perfekt. Maria wusste auch, dass

Mimi sich sehr für Kleider interessierte und lieh sich gern dieses neunen Kataloge aus, die es jetzt gab und in denen die neueste Mode zu bestaunen war. Ich möchte gern Schneiderin werden sagte sie ganz oft, mehr beiläufig, weil weder Mutter noch Vater darauf eingingen.

Weihnachten 1913 wurde wie lange nicht mehr im Elternhaus gefeiert. Ein gemütliches, weihnachtliches Beisammensein mit den Nachbarn gab es im Feierabendhaus immer noch, aber es war nicht mehr die große Familie die hier früher zusammen kam. Jede Familie leistete sich jetzt eigenen Christbaum und ein Weihnachtsessen und zog sich zu den Feiertagen in die Familie zurück. Auch die Kirche spielte nicht mehr die bedeutende Rolle, die sie an hohen Feiertagen einmal hatte. Das Christkind lag nicht mehr in Krippe vor dem Altar, sondern flog in der heiligen Nacht über das Haus und brachte Geschenke.

Alle waren gekommen, auch Onkel Karl und Tante Meta aus Gelsenkirchen. Die Beiden waren alt geworden und hatten kaum noch zu Kontakt zu ihren eigenen Kindern. Onkel Karl lebte in der Vergangenheit in der auch Enno noch eine Zukunft hatte und Tante Meta hatte sich ganz ihren mehr oder weniger eingebildeten Krankheiten hingegeben und wurde nicht müde darüber zu reden. Der Tische waren endlich mal wieder voll besetzt. Maria hatte eine der zwei Gänse und drei Hühner geschlachtet und Gemüse und Obst waren reichlich eingekocht. Ja, August war zum ersten Mal seit langer Zeit zufrieden. Er hatte es doch geschafft seine Familie zusammen zu halten.

Es wurde gegessen, die Kerzen am Weihnachtsbaum angezündet und Maria stimmte ein Weihnachtslied nach anderen an und alle sangen mit. Nachdem die Geschenke angesehen und bewundert waren, es gab neue selbst gestrickte Socken und praktische Kleidung. Mimi hatte Taschentücher mit feiner Spitze umhäkelt und bekam staunenden Zuspruch.

Dann wurde der Aufgesetzte aus dem Keller geholt und ihm reichlich zugesprochen. Die Stimmung war zunehmend etwas lauter war aber immer noch gut, bis August seinem Sohn Fritz aufforderte sich doch auch einen Schnaps zu genehmigen. Schließlich wurde er bald konfirmiert und war fast ein Mann. In ein paar Wochen würde er ihn mitnehmen und man würde einen guten Bergmann aus ihm machen. Für Mimi hatte er auch eine Antwort parat, sie würde nach der Konfirmation ebenso wie ihre Schwester als Dienstmädchen in Stellung geschickt. Eine weiter gehende Ausbildung für sie lohne sich ohnehin nicht, sie würde ja heiraten. Einen Mann ließe sich schon für sie finden, da will er schon schneller hinterher sein als bei Anna. So etwas würde nicht mehr passieren. Eine zweite alte Jungfer würde er nicht mehr durchfüttern. Maria erstarrte, Tränen traten ihr in die Augen

und ein Blick auf ihre älteste Tochter sagte
ihr, dass Anna sich nicht mehr zurückhalten
ließ. Alles brach aus ihr heraus, die Demüti-
gungen, die Schläge, Bevormundung, das
Geld das sie verdiente und das er abkassier-
te und sich nicht scheute es auszugeben,
alles warf sie ihm vor die Füße. Sie würde
es nicht zulassen, dass Mimi in die gleichen
Abhängigkeiten geriet wie sie selbst. Für
einen Hungerlohn anderer Leute den Dreck
weg zu fegen das würde sie Mimi ersparen.
Er solle sich mal an die eigene Nase fassen,
er der eigenmächtig ohne seine Frau wirklich zu fragen, ihrer aller Leben in der alten
Heimat aufgegeben hatte und sie an einen
Ort verpflanzt hatte an dem man vor Ruß
die Sonne nicht mehr richtig sehen kann.
Ob es ihnen in Darkehmen besser ergangen
wäre? Sie weiß es nicht, aber sie wären zu
Hause und hätten die Großeltern nicht ein-
sam sterben lassen müssen. Seitdem er
nach Wattenscheid gekommen sei denke er
denke immer nur an sich. August schwieg.

Wieder einmal hatte sich eines seiner Kinder gegen ihn gestellt und will ihn zwingen
in die zweite Reihe zu treten. Hatten sie
Recht? Noch war er nicht bereit, sein ganz
großes Glück hatte er noch nicht bekommen.

Kapitel 21

Gleich zu Anfang des neuen Jahres 1914
besuchte Anna ihren Vetter Karl in Dortmund und bat ihn ihr und ihrer Schwester
zu helfen. Karl sollte bei der Suche nach
einer geeigneten Lehrstelle für Mimi behilflich sein. Er tat dies und konnte ein paar
Wochen später den Schwestern mitteilen,
dass Mimi am 01. April ihre Ausbildung zur
Schneiderin in einem großen Damenmo-
dengeschäft in Dortmund beginnen konnte.
Sie würde bei Karl und Charlotte wohnen.
Maria war einverstanden. August sagte
nichts dazu, wurde auch nicht gefragt. So

traten die Zwillinge nach dem Schulab-
schluss und der Konfirmation am 01. April
1914 in das Arbeitsleben ein.

Fritz ging mit seinem Vater zur ersten
Schicht, er trug schon die Arbeitskleidung
und das blaue Tuch um den Hals. Einfahren
konnte natürlich nicht, das war erst ab dem
16. Lebensjahr erlaubt. Er würde in der
Sortierung über Tage anfangen und sich
dann weit weiter vor arbeiten.

Nach drei Tagen war der erste Rausch bei
Fritz vergangen, die Arbeit war für den
knapp 14jährigen sehr schwer. An den rau-
en Ton auf dem Kohlesortierplatz konnte er
sich nur schwer gewöhnen. Er war schon
viel stiller geworden, ging aber zuverlässig
jeden Tag zur Schicht und muckte nicht.
Abends fiel er tot müde in sein Bett und
schlief bis zum Wecken durch. Nach ein
paar Wochen fragte er seinen Vater, ob
dieser ihn nicht als Pferdejungen in den Stall
holen könnten. August lehnte das strikt ab.

Erstens möchte ich nicht, dass die Kumpel sagen ich bevorzuge meinen eigenen Sohn, damit er nicht so viel arbeiten muss und zweitens sind die Tage der Grubenpferde wohl gezählt. Immer mehr Zechen arbeiten mit elektrisch betriebenen Förderbändern, was soll da ein Pferdejunge für die Zukunft lernen. Halt durch bis es Zeit ist einzufahren. Fritz war nicht begeistert aber er hatte schon mitbekommen, dass sein Vater wohl Recht hatte und sich die elektrischen Anlagen auf Holland schon gesehen und sich dafür interessiert. Das war auch dem Steiger aufgefallen und er sprach ihn an ob er sich wohl für einen elektrischen Beruf der Zukunft interessieren könne? Fritz bejahte und der Steiger schlug ihm vor, wenn sein Vater einverstanden war, statt eine Berglehre doch eine Lehre als Elektriker zu beginnen. Diese wurden bald sehr gesucht sein und er könnte sofort beginnen. Noch am gleichen Abend trug Fritz den Eltern sein Wunsch vor, Maria erschrak, jetzt auch

noch Fritz, wie würde ihr Mann reagieren.
August aber sah Fritz ruhig an und antwortet, das ist genau das was ich dir schon vorschlagen wollte. August hatte endlich verstanden, dass die Zukunft den Jungen gehört und diese neue Wege gehen müssen.

Kapitel 22

Anna ging wieder öfter mal mit zwei Freundinnen zum Tanztee. Der Sommer 1914 war sehr heiß und sonnig, die Freundinnen fuhren an den Wochenenden mit der Straßenbahn in die kleinen Städte am Rande des Kohlenreviers. Nach Gladbeck oder Dorsten. In der kleinen Stadt Dorsten gab es ein Café mit Gartenwirtschaft das nach seinem Besitzer Herrn Konditormeister Katz „Café Katz" hieß. Anna kannte es schon, Hermann hatte hier früher schon zum Tanz aufgespielt. Das Publikum war gediegen, der Kuchen hervorragend und eine Kapelle spielte zum Tanz auf. Man amüsierte sich und hatte Spaß, denn die politischen Zeichen standen auf Sturm. Würde es Krieg geben? Nein das will doch keiner und unser Kaiser ganz bestimmt nicht Alles würde gut werden am 28. Juli 1914 begann der erste Weltkrieg.

Mobilmachung! Zunächst waren alle voller Vorfreude, *Lieb Vaterland magst ruhig sein, es steht dir treu die Wacht, die Wacht am Rhein?* Maria konnte nur schwer atmen. Alle haben sich gemeldet. Auch August und Hermann, beide wurden zurück gestellt aus gesundheitlichen Gründen. Fritz war noch zu jung und der Krieg war ja bis Weihnachten schon zu Ende. Maria atmete wieder durch.

Die Tanzteeausflüge hatten erstmal ein Ende, denn die jungen Männer zog es an die Front. Na ja sie würden bald siegreich zurückkehren und dann von ihrem Erlebnissen berichten. Anna musste an Onkel Hermann denken der war aus dem Krieg 70/71 auch als Held heimgekommen. Aber warum hatte er danach keine Familie gegründet oder war einem Beruf nachgegangen. Der Onkel war gutherzig und freundlich gewesen, aber manchmal auch still und in sich gekehrt. Hatte er doch mehr erlebt als er den Kindern bereit war zu erzählen? Anna wischte die trüben Gedanken weg, alles wird gut werden. Die Männer mussten ja wieder heimkommen, wer sollte denn sonst die Kohle fördern und die Familien ernähren.

Für die Familie August Kreitschmann änderte der Krieg erstmal nicht viel, ihre Versorgung war durch Garten und Kleinvieh gesichert und August hatte mehr Arbeit als er sich wünschte. Bei Vetter Karl sah das anders aus. Sein Sohn Karl meldete sich und wurde sofort eingezogen. Auch sein nichtsnutziger Schwiegersohn wurde an die Front nach Frankreich geschickt. Marianne kam jetzt öfter zu den Eltern um für die Kinder um Essen oder Kleidung zu bitten. Erstaun-

lich war aber, dass sie dabei feine Seiden-
strümpfe trug und nach teurem Parfum
roch. Die Besuche hörten schlagartig wieder
auf als ihr Mann nach zwei Kriegsjahren
plötzlich als Zivilist wieder auftauchte. Später erfuhr die Familie, dass er sich die meis-
te Zeit als Schieber betätigt hatte und wegen Diebstahl um Hehlerei im Gefängnis
gesessen hat. Das Militär wollte danach
ohne ihn den Krieg gewinnen.

Kapitel 23

Der Krieg dauerte jetzt schon fast zwei Jahre. Der Briefträger kam jetzt regemäßig in
die Siedlung und mehr und mehr Nachbarn
trauerten um Vater, Sohn, Enkel oder Nef-
fen. Jetzt lebte auch Maria in Angst, Fritz
ging auf das siebzehnte Jahr zu und hatte
seine Lehre beendet. Er meldete sich frei-
willig zum Militär. Jetzt wartete auch Maria
jeden Tag mit bangen Herzen auf den Post-

boten und betete ein Dankgebet wenn er an
ihrem Haus vorbei ging. Aber eines Tages
kam doch ein Brief mit einer schlechten
Nachricht. Er war von Charlotte an Anna.
Mimi sei sehr krank, ihre schwere Erkältung
aus dem letzten Winter war nicht ausgeheilt
und jetzt hustete sie und war ständig fieb-
rig. Ich Ausbildung war noch nicht beendet
aber die Meisterin hatte Charlotte geraten,
Mimi zu Hause zu behalten und auszukurie-
ren. Der Staub in der Schneiderwerkstatt tat
dem Mädchen nicht gut, außerdem vielleicht war es ja eine Tuberkulose dann war
ihr Verbleib in der Werkstatt nicht mehr
möglich. Charlotte hatte Mimi nach Hause
geholt und Karl brachte sie bei einem Heimaturlaub in den Augusta Krankenanstalten
nach Bochum. Maria überlief ein kalter
Schauer. Dieses Krankenhaus kannte sie
doch. Der kleine Enno, ihr Neffe, war dort
in Behandlung bei einem berühmten Professor aus der Charité in Berlin. Aber auch
er hatte Benno nicht heilen können, der

Junge war später an einer Blutvergiftung
gestorben.

Maria und Anna machten sich auf den Weg
nach Bochum und fanden Mimi bleich und
durchscheinend zerbrechlich, die Haut so
weiß wie die Laken in denen sie lag, die
langen dunklen Haare umrahmten ihr
schmales Gesicht wie der Schleier einer
Ordensfrau . Sie sprach leise und schwach.
Es gingen ihr schon viel besser, der Husten
habe nachgelassen und die Ärzte seien sehr
zufrieden. Bald käme sie nach Wattenscheid
zurück und würde gern wieder bei der Mutter sein. Maria weinte und nahm beide
Hände ihres Kindes in die ihren und versprach sie mit zunehmen. Anna war dafür
erstmal mit dem Arzt zu sprechen. Als dieser an das Bett der Kranken trat, lächelte
er. Das war ein gutes Zeichen. Die Patientin
befinde sich auf dem Weg der Besserung,
für eine Tuberkulose gab es keinen Hinweis.
Trotzdem sei sie sehr krank, das ver-
schmutzte Luft direkt neben der Zeche und

die Stoffreste und Flusen in der Schneiderei hatten sich in der Lunge des zerbrechlichen jungen Mädchens fest gesetzt, die schwere Grippe im letzten Winter tat ihr Übriges. Der Doktor riet den Frauen, wenn es ihnen irgendwie möglich ist schicken sie Mimi weg. In das Sauerland oder ins Bergische wo die Luft klar und rein ist. Mit der reinen Luft und genügend Essen kann sie völlig gesund werden, ansonsten kann man eine spätere Tuberkulose nicht ausschließen.

Gut das Karl noch auf Urlaub in Dortmund war, er regelte einen Aufenthalt für seine Kusine auf einem Bauernhof im Bergischen in einem kleinem Dorf stand der Mühlen- hof der Familie Kottenhusen. Anna beglei- tete ihre kleine Schwester zum Mühlenhof und lernte die Familie Kottenhusen kennen. Der Bauer war ein großer, schlanker Mann mit schütteren, hellen Haaren, er wurde der alte Wilm genannt, sein Sohn der junge Wilm war ein jüngeres Abbild seine s Vaters mit etwas mehr Haaren. Beide waren freundlich, sprachen aber nicht viel. Die Bäuerin Sofie Kottenhusen war eine freundliche, gutherzige Frau, sie schloss Mimi sofort in ihr Herz, das arme kranke Mädchen tat ihr sehr leid. Dieses hübsche liebe Ding, sie würde sie schon wieder auf-päppeln. Auf eine eigentümliche Weise fühlte Mimi sich sofort auf dem Mühlenhof heimisch. Sie verabschiedete sich von Anna, „grüß die Eltern und bleibt gesund bis ich wieder zurückkomme". Sie wusste noch nicht, dass sie als Mimi Kreitschmann nicht mehr nach Wattenscheid kommen würde.

Obwohl das Bauerhaus einfach war und es kaum städtischen Komfort gab, war der Mühlenbauer kein armer Mann, er war sogar einer der reichsten Bauern im Bergi-schen. Er hatte nur den einen Sohn, den jungen Wilm, ein Mädchen war ihnen im Kinderalter gestorben. Zum Mühlenhof gehörte neben Bauernhaus und den Ställen auch ein Bach mit einer Wassermühle. Aus-gedehnte Ländereien, mit Feldern und Weiden für das Milchvieh und riesige Fläche dichtem Wald. Trotzdem waren die Leute nicht eitel, einfach, freundlich und großzügig. Sie waren im Ort sehr angesehen und beliebt. Der junge Wilm war die beste Partie im ganzen Beritt. Aber er tat sich schwer mit den Mädchen die ihm da nachliefen, er wollte die Eine die nur für ihn geboren war und die hatte er noch nicht getroffen.

Kapitel 24

Nach der schweren Niederlage in Frankreich verschlechterte sich die lange noch weiter. So viele Tote waren zu beklagen. Die Versorgung der Bevölkerung schwierig. Trotzdem wollte Anna malwieder Tanzen gehen und den Kummer vergessen. Sie fuhren wieder einmal nach Dorsten ins Café Katz. Hier tummelten sich seit es in der Heimat an ganzen Männern mangelte, die Oberstufenschüler des örtlichen Gymnasiums. Sie tranken und pöbelten herum. Die jungen Frauen wollten gehen, denn diese Situation erinnerte Anna an eine Geschichte die ihr Hermann aus Hattingen erzählt hatte. Aber Anna und ihre Freundinnen blieben nicht verschont von diesen Möchtegern Helden. Als drei von ihnen mit Anna in Streit gerieten, sie sich aber nicht weinend entfernte sondern massiv zurück pöbelte, versuchte einer sie am Arm von ihrem Stuhl zu ziehen, als plötzlich ein großer junger Mann dazwischen ging und die Bengel zur Tür hinaus beförderte. Er stellte sich den jungen Damen und nannte seinen Namen und betonte bei seinem Vornamen er hieße Max Wilhelm aber in seiner Heimat Sachsen nennt man immer den zweiten Namen als Rufnamen. Sein Name ist Willi. Seine Sprache verriet eine sächsische Herkunft unverkennbar. Anna war überrascht, der Kerl sah mehr als gesund und stark aus trug aber keine Uniform. „Sind Sie auf Heimaturlaub Willi?" Nein er sei gleich nach der Mobilmachung einzogen und nach Kroatien an die Front geschickt worden. Dort erkrankte er sehr schwer an der Ruhr und wurde nach dem Lazarett Aufenthalt zur Erholung in die Heimat geschickt worden. Nach der Genesung bekam er statt eines Stellungsbefehls den Befehl sich bei der Firma Krupp in Essen in einem kriegswichtigen Auftrag zu melden. Willi war Maschinenbauer ein damals sehr moderner Beruf und man hielt seine Tätigkeit in der Rüstung für das Deutsche Reich wichtiger, als seinen Einsatz an der Front. Er war in Plauen im Vogtland geboren und aufgewachsen in thüringischen Grimma. Hier betrieben seine Eltern auf dem Gut im Forsthaus Böhlen eine große Gartenwirtschaft. Bereits 1906 ging der Gutsbetrieb mit allen dazu gehörenden Liegenschafen in Konkurs und sein Vater Otto siedelte in das Saarland nach Saarburg über um dort ein Offizierscasino zu übernehmen. Das Casino lief sehr gut, aber nach dem Verlust des Saarlandes mussten die

Eltern Saarburg verlassen und nahmen auf Vermittlung ihrer ältesten Tochter Klara, die schon einen eigenen Gasthof in Gladbeck bewirtschaftete, den Pacht für eine Gastwirtschaft, das Haus Rose direkt vor dem Zechentor, in Dorsten an.

Sie tranken etwas, plauderten und als sie sich verabschiedeten konnte man es klar sehen Anna und Willi hatten sich verliebt. Das junge Paar traf sich jetzt häufiger und als im Sommer 1917 eine Hochzeitseinladung in der Post lag und in der Bauer Wilhelm und seine Frau Sofie Kottenhusen zur Vermählung ihres Sohnes Wilhelm Kottenhusen mit Fräulein Wilhelmine Kreitschmann hocherfreut einlud, fuhren neben der gesamten Sippe Kreitschmann auch Anna mit ihrem Verlobten Willi zur Hochzeit auf den Mühlenhof. Wilm war als einziger Bauersohn unabkömmlich und musste nicht an die Front.

Der alte Wilm hatte es ich nicht nehmen lassen für seinen einzigen Sohn auch im dritten Kriegsjahr eine fürstliche Hochzeit auszurichten. Es wurde gegessen und getrunken bis zu umfallen. Die Gäste und Familie der Kottenhusens waren s ehr überrascht wieviel diese, wo kamen sie noch mal her? Aus dem Ruhrgebiet? Leute verschlingen konnten ohne sich etwas anmerken zu lassen. Aber die Braut war ein Schatz, da waren sich alle einig. Nachdem sie genesen war, hatte Mimi sich in Sofies Küche nützlich gemacht. Schwere Arbeit, wie einheizen, Holz und Kohlen schleppen auch die grobe Hausarbeit musste sie nicht erledigen, dafür waren Mädchen aus dem Dorf eingestellt. Sie war mit Sofie für das Federvieh und die Milchwirtschaft zuständig. Das Kochen und Backen wurde seit ihrem Einzug für Schwiegermutter und Schwiegertochter ein gern und immer gemeinsam ausgeübtes Steckenpferd. Sie nähte auch wieder Gardienen Tischdecken Kissenbezüge und was der Haushalt so benötigte. Sofie liebte ihre Schwiegertochter und umgekehrt. Bals war Mimi volles Mitglied der Dorfgemeinschaft, auch wenn sie außer einer verfressen Familie nichts weiter mit in die Ehe brachte.

Mimi und Wilm waren Leben lang eng und liebevoll verbunden. Auch wenn sie Beide nicht viel redeten. Sie verstanden sich immer und wussten war der Andere fühlte. Sie bekamen bald nach Hochzeit einen Jungen und danach ein Mädchen. Fünfzehn Jahre später kam noch einmal ein Sohn, der von den Beiden schrecklich verwöhnt wurde. Nach Marias Tod im Jahre 1944 zog August zu seiner Tochter Mimi auf dem Mühlenhof. Hier fehlte es ihm am Nichts. Er starb mit einem guten Appetit zwischen Schinken, Würsten und Eiern. Er wurde 82 Jahre alt.

Kapitel 25

Im November 1918 war der Krieg endlich zu Ende. Karl und Fritz kamen äußerlich unversehrt zurück und stürzten sich sofort wieder in die Arbeit. Fritz hatte der Krieg sehr verändert er redete vom Klassenkampf und vom Tod der Bourgeoisie, er traf sich heimlich mit den Kommunisten und versuchte sich im Arbeiterrat einen Namen zu machen. Er hoffte, dass die neue Republik eine Volksrepublik sein werde aber er wurde enttäuscht. Als das Mädchen mit dem er sich seit seiner Heimkehr heimlich traf schwanger wurde und er heiraten musste um die Familie zu ernähren, ließen die politischen Eskapaden von allein nach. Sie bekamen vier Kinder, Fritz blieb sein ganzes Arbeitsleben lang auf der Zeche Holland.

Anna und Willi trafen sich jetzt häufig und machten Zukunftspläne und als Willi im Jahre 1919 mit einer Neuigkeit für Anna nach Wattenscheid fuhr waren die Weichen bald gestellt. Willis Vater Otto, ein

Gastwirt strandete während des Krieges in Dorsten. Er hatte sein Offizierscasino in Saarburg aufgeben müssen und in der kleinen Stadt an der Lippe eine Kneipe übernommen. Das Wirtshausleben am Zechentor mit der rauen Sprache der Bergleute war nichts für den Bonvivant Otto. Er wollte etwas Exklusiveres und hat sich in Weimar nach einem Wohnhaus mit Gastraum umgesehen und in der Innenstadt den – Burgkeller- gepachtet. Auch ein wenig Heimweh mag mitgeschwungen sein. Die Eltern wollten zurück in ihre Heimat. Ihre Urenkel werden sich noch hundert Jahre später woher das Kapital kam?

Willi sollte natürlich mit. Aber er hatte eine gute Arbeit im Stahlbau und er hatte Anna. Er blieb im Ruhrgebiet. 1920 heirateten Anna und Willi in Gelsenkirchen und 1921 kam dort ihr einziges Kind zur Welt. Der

Junge wurde nach sächsischer Tradition
Erich Willi, genannt Willi getauft.

Mein Vater.

ENDE

Quellen:

*Erlass J. Nr. 3737 Lothar v. Trotha

** Protokoll Sitzung des Reichstages vom
28. Nov. 1906